어쩌다, 산뜰

어
쩌
다,
산
을
를 그 길을 걷지 못한다

2021년 8월 16일 제1판 제1쇄 발행

글   이문복
펴낸이   강봉구

펴낸곳   작은숲출판사
등록번호   제406-2013-000081호
주소   413-120 경기도 파주시 신촌로 21-30(신촌동)
전화   070-4067-8560
팩스   0505-499-8560

홈페이지   http://www.littleforestpublish.co.kr
이메일   littlef2010@daum.net

© 이문복

ISBN 979-11-6035-113-2   03810
값은 뒤표지에 있습니다.

그 길을 걷지 못한다

이문복 글

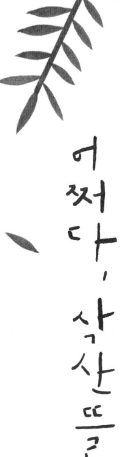

어쩌다, 삭산뜰

작은숲

작가의 말

    6세 이전의 환경이 그 사람의 평생을 좌우한다는 말이 있는데 그 무렵의 나는 산골에 있는 충남 서산의 외가에서 많은 시간을 보냈다. 그래서인지 어릴 적 읽은 동화 책 중에서 『알프스의 소녀 하이디』가 제일 재미있었다. 밤하늘의 별들이 보이는 다락방, 제롬 할아버지가 향긋한 건초더미를 깔아 만들어준 하이디의 폭신폭신한 침대를 동경하고 그리워했다. 소공녀도 아니고 백설공주나 신데렐라도 아니고 왜 하필 가난한 산골소녀 하이디에게 내 마음을 얹었는지 모르겠다.

    20대에는 서점 한구석에서 우연히 발견한 책 『월든 숲 속의 생활』에 심취하여 소로의 오두막을 동경했다. 산업화의 물결이 도도했던 시대의 이 나라에서 그 당시에는 거의 주목받지 못했던 소로에게 대책 없이 꽂혔던 청춘이었으나 세월은, 직장과 가정을 함께 챙겨야 하는 시정市井의 현실 속으로 나를 데려갔다. 그러나 어릴 적의 하이디와 젊은 날의 소로는 여전히 내 안에 살아있었고 고단하고 팍팍한 일상을 견딜 수 있었던 원천이기도 했다.

시골을 열망하는 나에게 나의 배우자는 '얼핏 지나면서 볼 때나 아름답지, 머물러 살 곳이 못 된다. 파리, 모기 들끓고 냄새가 고약한 곳'이라고 고개를 저었었다. 그러던 그가 마음을 바꾸게 된 것은, 운 좋게도 산을 등지고 앞 쪽으로는 호수가 펼쳐져있는 땅을 만났기 때문이었다. 호수 근처에는 축사를 허가하지 않기 때문에 파리, 모기와 냄새를 걱정하지 않아도 되었던 것이다. 시내에서 너무 멀지 않은 곳에 위치했으되 큰 길에서는 보이지 않는 숨은 땅이 그를 매료시켰다. 큰 길을 버리고 오른 쪽 샛길로 꺾어 들어가면 이내 공기가 서늘해지면서 낮에는 호수가, 밤에는 칠흑빛 적막이 나타나는 신기한 곳이었다.

행정구역상으로는 송촌리지만 삭산뜰이라는 자연부락 이름도 마음에 들었다. 호수 건너 편 앞 동네 이름은 물너먹, 온양으로 가는 언덕 길 위쪽은 둔덕이. 듣기만 해도 그림이 그려지는 아름다운 우리 말 이름이었다. 시내의 아파트를 처분하고, 인가라고는 도예공방뿐인 그 곳에 집을 지었다. 아이들이 외지에 나가 공부하고 있어서 가능한 일이었다.

삭산뜰에서 보낸 날들은 기대했던 것 이상으로 아름다웠다. 호수에 피어오르는 새벽안개를 보고 그 날의 기온을 가늠했으며 해 뜨는 위치와 밤하늘 별자리, 풀벌레와 새들의 울음소리로 계절을 느끼는 나날이었다. 봄바람에 호르르 떨어지는 벚꽃 잎을 옥양목 앞치마에 받아 따뜻한 물에 우려 마시는 나 혼자만의 꽃잎 차가 있었고 쑥과 냉이에 밀가루 솔솔 뿌려 지지는 나만의 야채 전도 있었다.

봄에는 홑잎 나물과 오가피 새 순 삶아 무쳐 나른한 입맛을 다스리고, 남는 나물들을 햇볕과 바람에 말려 겨울을 준비했다. 여름에는 버찌와 산딸기 따서 잼을 만들고 가을에는 산밤을 주웠다. 겨울에는 눈길을 걸어 찾아올 벗을 위해 벽난로에 장작불을 지폈고 불꽃 잦아든 참나무 숯불에 고구마를 구웠다. 텃밭에 피어나는 부추꽃, 쑥갓꽃, 장다리꽃의 수수한 매력을 새삼 알게 되었으며 봄까치꽃, 꽃다지, 뽀리뱅이, 달개비, 쑥부쟁이로 이어지는 풀꽃 달력을 그릴 수 있게 되었다.

나는 봄 산의 연두 빛과 여름 산의 진초록을 모두 사랑했으며 화려한 단풍 숲과는 느낌이 다른 깊고 그윽한 가을을 늦가을 잡목 숲에서 보았다. 아무도 몰래 숨어 피는 은방울꽃 군락지를 나 혼자 안다고 믿어 즐거웠고 눈 쌓인 겨울 뒷산에 올라 야생동물 발자국에 내 발자국을 포개어보기도 했다.

그러나 바깥세상에서 들려오는 흉흉한 소식들은 때때로 내가 누리는 평화가 혼자만의 이기적인 안락인 것 같은 죄책감을 안겨주었다. 지역 발전이니 개발이니 하는 이름으로 허용되고 있는 자연환경의 능욕을 전해들을 때마다 안타깝고 불안했다. 안 좋은 예감은 대체로 들어맞는다던가, 개발의 광풍이 송촌리에도 불어 닥쳤다.

앞산에 고속철도역으로 가는 지름길과 터널이 뚫리고 골프연습장이 들어섰다. 호수로 흘러드는 개울물은 뒷산을 관통하는 산업도로 공사로 물길이 끊겼으며 포도밭 언덕을 교차하는 세 갈래의 도로가 생겼다. 봄이 되면 산에는 여전히 진달래꽃 벚꽃이 피고, 복사꽃 지는 초여름에는 앞산 뒷산에서 화답하는 뻐꾸기 소리도 여전하다. 그러나 그 울음소리 사이로 자동차 소음이 끼어들게 되었다. 앞 논에서 울어대는 개구리 소리에도 자동차 소음이 섞이게 되었다.

그러함에도 불구하고 여전히 아름다운 삭산뜰의 풍광은 사람들을 불러들여, 이웃이라고는 도예공방 뿐이던 예전의 고즈넉함을 잃었다. 송촌호수의 물빛도 많이 혼탁해졌으나 호수에 끌려 집을 짓고 들어온 사람들은 예전의 맑았던 호수를 잘 알지 못한다. 호수를 굽어보는 언덕에 있던 포도밭과 언덕 아래로 맵시 있게 휘어지며 호수를 끼고 돌던 옛길을 알지 못한다.

하여, 나는 더 늦기 전에 이야기하고 싶다. 삭산뜰의 사계절이 얼마나 맑고 아름답고 고즈넉하였는가를, 더 망가지고 사라지기 전에 기록으로라도 남기고 싶은 것이다. 풀벌레와 새들의 울음소리, 꽃과 열매의 시간으로 계절을 느꼈던 첫 마음을 흐트리지 않으려는 발심이기도 하다.

- 개발과 성장위주의 경제논리, 인간의 편리함과 속도를 위해
희생된 유형무형의 존재들에게 이 책을 바친다. -

2021년 7월, 삭산뜰에서 이문복

차례

제1부

기다리다 놓친 봄

봄 서리
내린
아침에

입춘을 지나 우수, 경칩에도
맵차기만 했던 날씨가 지난 며칠 동안은 거짓말처럼 풀어
졌었다. 그러나 겨우내 움츠러들었던 몸과 마음을 미처 풀
지 못한 나는 두꺼운 겨울 외투로 중무장하고 시내에 나갔
다. 화사한 봄옷들이 내걸린 옷가게의 쇼윈도와 거리를 오
가는 사람들의 가벼워진 옷차림을 보고 나서야 비로소 봄
을 실감했다.

다사로운 봄 햇살을 조금이라도 더 받으며 걷고 싶은 마
음에 돌아오는 시내버스를 한 정거장 미리 내렸다. 버스가

내달려간 큰 길을 버리고 논과 개울 사이 샛길로 접어드니
얼었던 땅이 촉촉하게 풀려 내딛는 발길에 부드럽게 감겨
왔다. 얼음이 풀리고 눈도 녹아들어, 흐르는 개울물 소리
가 자못 청량하였다. 호수로 흘러들어 모내기철에 농업용
수로 쓰이게 될 귀한 물이다.

물소리에 귀 기울이며 천천히 걷다 보니 개울가 묵은 풀
포기 사이로 새로이 돋아나는 봄풀들이 파릇파릇하였다.
누렇게 시든 몰골로 고집스럽게 남아, 새싹들이 받아야 할
봄볕을 가리고 있는 묵은 풀들이 눈에 거슬렸다. 노추가
따로 없구나, 싶었다.

겨울옷 세탁해서 보관하고 장롱에 간수해 둔 봄옷을 꺼
내 입었더니 물러간 줄만 알았던 추위가 다시 쳐들어왔다.
꽃샘잎샘 겪지 않은 봄이 어느 해인들 있었으랴만, 봄이
아주 온 줄로만 알고 화사하게 부풀었던 마음이 머쓱하게
움츠러들었다.

깊숙이 보관해 두었던 겨울옷을 다시 꺼내어 입고 아침
산책에 나섰다. 싹트려던 꽃눈 잎눈들도 다시 움츠러들었

으리라.

풀리다가 다시 얼어붙은 호수를 뒤로 하고 걷다가 살얼음 낀 개울가에서 문득 걸음을 멈췄다. 봄 서리를 하얗게 뒤집어쓴 묵은 풀포기 앞이었다. 가만 들여다보니 그 안에 숨어 봄풀들이 여전히 파릇파릇하였다.

꽃샘잎샘 몇 차례 찾아왔다 물러가고 봄기운 무르익으면 저 여린 봄풀들은 고스러진 마른 풀잎을 거름삼아 초록빛으로 무성해질 것이다. 풀벌레들이 계절 따라 찾아와 깃들거나 머물다 가겠지. 그리고 내년 이맘때쯤 나는 다시 이 자리에서 지금처럼 숙연해질 것이다. 새 봄풀 감싸 안고 장엄하게 고스러지는 묵은 풀 앞에서….

기다리다
놓친
봄

남녘에서 들려오는 봄소식 화사해도 우리 동네 삭산뜰의 봄은 주춤주춤 더디기만 하다. 물가의 버들잎만 어렴풋하게 연둣빛을 머금었을 뿐 나무들은 아직도 봄빛을 얻지 못했다. 지난달에는 봄의 기미가 궁금하여 잎눈 꽃눈 살피러 다니다 몸살감기를 얻고 말았다.

몸살과 꽃샘잎샘, 미세먼지 핑계 삼아 우물쭈물하는 사이 어떤 봄은 나 모르게 왔다가 나 모르게 가 버렸다. 마른 풀 이불 삼아 늦잠 자는 어린 냉이 캐어 돌아오던 어느 봄날. 양지바른 밭 기슭에 하얗게 피어 흔들리는 냉이 꽃을 보았다. 아직 여물지 않은 봄을 바구니에 담아 들고 이미 쇠어 버린 봄을 어리둥절 바라보았다.

나의 봄은, 내내 기다리다 잠깐 한눈파는 사이 놓쳐 버리는 시골버스 같은 봄이다.

목련나무는 이제 막 피어나는 꽃봉오리와 활짝 핀 꽃송이, 시들어 가는 꽃잎을 함께 매달고 봄바람을 견디는 중이다. 더 늦기 전에 꽃차를 준비하려고 목련나무에게 갔다가 차마 따지 못하고 돌아섰다. 솜털도 벗지 못한 어린 꽃봉오리를 취해야 하는 까닭이다. 도랑에 떨어져 흘러가는 백목련 꽃잎이나 하염없이 바라보았다.

꽃을 다 잃은 후에야 비로소 잎을 얻게 될 목련나무. 꽃과 잎을 함께 피워 유지하려면 엄청난 에너지가 필요하기 때문이라고 말했던 사람이 있었다. 허약한 기관지와 위를 다스려줄 목련꽃차를 담그기 위해 갓 피어난 꽃봉오리를 얻으러 왔던 여인이었다. 꽃을 위해 꽃보다 늦게 돋아나, 꽃이 남기고 간 열매를 보호하다가 가장 나중에 지는 것. 그것이 목련나무 잎의 운명이라 하였던 그녀는 호수 건너

편 작은 집에 잠시 세 들어 살다 훌쩍 떠났다. 떠난 지 한
참 지나서야 비로소 목련나무 아래에서의 대화를 떠올리
며 쓸쓸히 되새기는 봄. 그녀와 나의 인연 또한 꽃과 잎이
따로 피어나는 목련나무를 닮은 듯하다.

  봄볕 머금어 보송보송해진 빨래 거두어 개켜 놓고 진달
래꽃차를 마신다. 시들어 떨어지려는 꽃송이 거두어 찻잔
에 담고 따뜻한 물 부어 마시는 나 혼자만의 생 꽃잎 차.
진달래 꽃잎의 붉은 빛, 달콤한 맛과는 전혀 다른 - 노르스
름한 두견주 빛깔에 구수한 맛이다. 꽃잎뿐 아니라 나무줄
기와 뿌리, 앞으로 돋아날 초록 빛 잎도 함께 들어 있는 맛
과 향임을 알겠다. 꽃 한 송이에 그 꽃을 피워 낸 나무의
모든 것이 응축되어 있음을 시나브로 느낀다.
  작년 봄 뒷산에서 만난 야생사과 꽃도 그러하였다. 달콤
한 향기를 품은 순백의 꽃잎에 따뜻한 물을 부으니 꽃잎과
는 전혀 다른 파르스름한 빛깔이 우러나왔다. 한 모금 머
금어 보니 풋사과의 떫고도 싱그러운 맛이었다. 발효와 숙
성을 거친 꽃차의 세련된 맛과는 다른 야생의 맛이 나를

사로잡았다. 그 맛이 그리워 다시 찾아갔을 때 사과 꽃 피었던 자리엔 콩알만 한 열매가 또록또록 맺혀 있었다.

   뜨락에 라일락 꽃 필 무렵 뒷산에 야생사과 꽃도 필 것이나 아직은 때가 아니다. 나의 봄은 이렇듯 아직 오지 않은 것과 이미 가 버린 것 사이에서 서성이며 흘러가고 있다.

순간의 꽃,
영원의 꽃

햇살 맑고 바람도 적당히 불어 빨래해 널고 산책하기 알맞은 봄날 아침. 노란 꽃다지와 새하얀 냉이 꽃으로 수놓인 밭둑길을 지나 숲으로 가는 오솔길로 접어들었다.

산비탈 아래쪽에 피어 있는 진분홍 꽃봉오리가 궁금하여 가까이 가서 들여다보고 깜짝 놀랐다. 지난해 여름 태풍에 꺾여 쓰러진 벚나무의 메마른 가지에 피어난 꽃봉오리였던 것이다. 부러지고 남은 실낱같은 등줄기를 지나서 가지 끝으로 흐르고 있을 생명의 기운이 눈물겨웠다. 성한 벚나무보다 더 다닥다닥 맺혀 있는 모습에 가슴이 더욱 먹먹했다. 소나무도 죽을 무렵엔 더 많은 솔방울을 맺는다지 않는가! 그러나 열매는 고사하고 활짝 피기도 어려울 듯 시들시들한 몰골이다.

꽃잎이라도 활짝 피워 보라고 서너 가지 꺾어와 물 항아리에 꽂았다. 봄볕에 보송보송해진 빨래 걷어 개켜 놓고 생강나무 잎차 한 잔 우려 마시는 사이 싱싱하게 물오르는 꽃봉오리들이 애잔하다. 쓰러져 죽어 가는 벚나무의 생애 마지막 꽃이 될 것이다.

문득 돌담장 아래 딱 한 번 피었다 사라진 여러 해 전의 분꽃이 떠오른다. 눈 덮인 히말라야의 봉우리들을 먼빛으로나마 보기 위해 티베트를 거쳐 찾아간 네팔에서였다. 희고 붉고 노란 꽃송이들이 한 포기에 함께 피어 있는, 우리나라와 똑같은 분꽃을 포카라의 어느 외진 마을에서 만나 얼마나 반갑고 신기했는지 모른다. 여행 마치고 돌아오는 배낭에 씨앗 몇 톨 숨겨와 볕바른 돌담장 아래 심었었다. 늦게나마 싹이 트고 꽃이 피었다는 소식을 함께 여행했던 후배에게 전했더니 무척 기뻐하며 씨앗을 받아 달라 했었

다. 그러나 기후가 다른 탓인지 늦가을 무렵에 겨우 피어
난 분꽃은 씨앗을 맺지 못한 채 이국에서의 짧은 생을 마
감했다.

　수백 송이의 보랏빛 꽃을 피우고 떠난 '한라쑥부쟁이'라
는 이름의 야생국화도 뒤뜰에 있었다. 한꺼번에 너무 많은
꽃을 피운 탓인지 뿌리째 고스러져 영영 사라져 버린 야
생화였다. 마른 꽃잎과 줄기를 거두어 모닥불에 던졌던 그
해 늦가을, 별빛 차가운 밤하늘로 연기되어 올라간 '한라
쑥부쟁이'의 마지막 향기를 나는 아직도 기억하고 있다.

　유구한 우주의 시간에 비하면 찰나에도 못 미칠 짧은 시
간을 살다 떠나간 생명들. 그러나 내 기억 속에 영원한 아
름다움으로 남은 존재들이다. 포카라에서 왔던 분꽃처럼,
뒤뜰에 피었다 스러진 야생국화처럼, 뒷산에서 온 이 벚꽃
도 그러할 것이다. 항아리에 잠시 머물러 피었다 시들겠지
만, 내 가슴의 꽃으로 오래 오래 남을 것이다.

　순간의 꽃이지만 나에게는 영원의 꽃이다.

버드나무를
미워하다

텃밭 끄트머리 비탈진 곳에 비스듬히 서 있는 자두나무의 내력을 혹시라도 누가 묻는다면 뭐라고 대답해야 할지 모르겠다. 어느 날 바라보니 검붉은 열매를 주렁주렁 매달고 거기 서 있더라고 말하면 매우 황당하겠지만 사실이 그러한 것을 난들 어쩌겠는가.

나무 둥치가 제법 굵은 것으로 보아 우리가 이사 오기 훨씬 전부터 있었음이 분명했다. 어쨌든, 심지도 않았는데 갑자기 나타난 이 신기한 나무를 나는 야생자두나무라고 믿기로 했다. 열매가 작고 향이 진한 것으로 보아 야생이 맞는 것 같다고, 동네 토박이인 앞집 농부도 인증해 주었다.

함께 뒤얼크러져 자두나무를 가렸던 잡목과 넝쿨들이 무척 야속했다. 그렇지만 자두나무에게는, 아무도 모르게 꽃을 피우고 열매를 매달아 달콤한 향기를 바람결에 흩어 보낸 세월이 나쁘지만은 않았을 것이다.

내력을 알 수 없기로는 자두나무 남쪽에 바짝 붙어 서서 햇볕을 가로막고 있는 버드나무도 마찬가지였다. 앞쪽 호숫가에 군락을 이루고 있는 버드나무들을 보면 어디서 날아온 씨앗이 뿌리내린 건지 짐작은 되었지만….

나에게는 호숫가의 나무들이 달갑지 않은 이유가 있었다. 집 지을 곳을 알아보러 다니다 지칠 무렵 우연히 찾아낸, 산자락 아래 이 땅에 집을 지은 이유는 앞쪽에 펼쳐져 있는 송촌호수 때문이었다. 그러나 억새 몇 포기뿐이던 호숫가에 언제부턴가 버드나무들이 자리 잡기 시작했다. 나무들은 왕성한 기세로 자라나 내 집에서 빤히 바라보이던 호수를 가리게 되었다. 잎이 모두 떨어진 겨울이 되어서야 앙상한 나무 가지 사이로 드문드문 호수가 보였다.

하물며 내 집 텃밭에까지 씨앗을 날려 보내 자두나무를

괴롭히다니! 그러나 베어 내리라 벼르는 마음 한쪽에는 선
뜻 내키지 않는 또 하나의 마음도 있었다. 차일피일하다
해를 넘긴 어느 봄날. 버드나무와 맞닿은 쪽 가지의 자두
열매들만 유난히 잘고 오죽잖은 걸 보고 나서야 톱을 들게
되었다.

이를 앙다물고 서투른 톱질을 해댄 끝에 드디어 버드나
무를 베어 냈는데…. 아뿔싸! 버드나무가 쓰러지면서 자두
나무 가지도 덩달아 부러지고, 나도 엉덩방아를 찧으며 주
저앉고 말았다. 자잘한 풋열매를 잔뜩 매단 채 쓰러져 누
운 자두나무 가지를 망연자실 바라보면서 비로소 깨달았
다. 때를 놓친 무모한 버드나무 제거작업이었던 것이다.

열매를 너무 많이 매달아 무거워진 가지를 버드나무에
기대고 있는 줄은 미처 몰랐다. 아아, 나의 아둔함과 무심
함이여! 그늘을 드리우는 야속한 존재한테라도 의지할 수
밖에 없는, 자두나무 같은 처지를 인간 세상에서도 더러
보았다. 등이 휠 것 같은 삶의 무게를 견뎌야 하는 존재가
인간뿐이겠는가. 생명 있는 모든 존재들의 운명인 것을….

버드나무와
화해하다

굵은 가지 하나가 잘려 나간 후유증 때문인가? 그동안 열매를 너무 많이 생산한 탓일까? 자두나무는 이태 째 해거리 중이다. 나쁘지 않다고 생각한다. 모든 존재에게는 휴식이 필요하다.

팔다리를 잃은 사람에게 나타난다는 환지 통이 나무에게도 있는지 모르겠으나 가지가 잘려져 나간 자리에는 세월이 흐르면서 단단한 옹이가 생길 것이다. 상처의 흔적인 옹이가 박힌 목재의 아름다움을 말하던 사람이 생각난다. 정작 자신의 가슴 속 옹이는 드러내기 꺼려하던 그가 안타까웠으나 그것은 어쩌면 내 모습일 수도 있겠다.

자두나무를 위해 버드나무를 베어 없앴지만 나무에게는 죄가 없다. 나의 필요와 취향에 의한 이기적 선택이었을 뿐이다. 모든 생명에게는 존재 이유가 있다고 말한 적 있고 그것은 진심이었다. 그러나 한 생명이 존재하기 위해서는 다른 생명이 희생되어야만 하는 생태계의 냉혹한 질서를 어찌할 수 없으니 나 역시 여기에 갇힌 모순된 존재일 따름이다.

나는 호수 쪽 전망을 가로막는 버드나무들이 못마땅했다. 그러나 나무보다 먼저 전망을 위협한 건 호수와 내 집 사이에 있는 논이었다. 집이 들어서기엔 좁아 보였던 논이었으나 소유자인 농부는 호수의 둑길과 농로를 잠식하면서까지 영역을 넓혔다. 이윽고 부동산 거간꾼들이 전원주택을 짓고 싶어 하는 사람들을 데려와 논을 보여 주기 시작했다.

그들은 대문 없는 내 집 마당에 허락도 없이 차를 대놓고는 앞논과 호수를 기웃기웃 탐색했다. 나 역시 호수 때문에 여기 들어와 집 짓고 사는 처지인지라 마음이 복잡했다. 앞논에 집이 들어서면 호수 쪽 전망이 막히지 않겠느냐고 지인들도 걱정을 했다.

그러던 어느 해부턴가 드나들던 차량이 뜸해지더니 앞논을 탐색하러 오는 외지인들의 발길이 거의 끊어졌다. 호수로부터 200미터 안에는 집을 짓지 못하도록 하는 조례가 생겼기 때문이라고들 했다. 내 짐작으로는 호숫가에 버드나무가 우거져 전망을 가려 버린 것도 원인의 하나인 듯했다.

어쨌거나 호수는 늘 거기 있을 터이니 아무런들 무슨 상관이랴, 그런 맘으로 나는 걱정과 조바심을 내려놓았다. 나무 사이로 언뜻언뜻 보이는 호수도 나름대로 운치가 있었거니와 집에서 몇 발짝만 걸어 올라가면 눈 아래 시원하게 펼쳐지는 호수이기도 했다.

호숫가 버드나무들은 더 무성하게 자라 군락을 이루고 있지만 개의치 않기로 했다. 앞산 뒷산의 나무들이 미처 봄빛을 띠지 못한 이른 봄 가장 먼저 돋아나는 버들 잎. 연연한 파스텔 빛으로 번지며 내 마음까지 연연히 물들이는

버드나무 잎이 아니던가. 나는 이보다 더 아름답고 해맑은
연둣빛을 아직 알지 못한다.

값을 매길 수 없는 존재들

　　　　　　　　이웃 마을에 놀러갔다가 우연히 새로 지은 전원주택을 구경하게 되었다. 황토 벽 한가운데 큼직한 통유리로 창을 낸 현대식 초가집이 눈길을 끌었다. 알고 보니 이 건물은 별채였고 서구식으로 지은 대저택이 따로 있었다. 수천 평 대지에 온갖 진기한 나무와 화초가 가득하였지만, 아직 멀었다는 듯 조경공사가 한창이었다.

　트럭에 실려 온 야생화들이 상자째 부려지고 있는 광경을 멍하니 바라보았다. 그 집은 수십 년 걸려도 이루지 못할 내 꿈을 한꺼번에 완성하고 있는 것만 같았다. 모처럼

의 나들이에 흥거웠던 기분이 슬그머니 가라앉으면서 쓸
쓸하고 풀죽은 마음이 되었다.

우리 집이 전보다 초라해 보일 거라고 생각하며 돌아왔
다. 그런데 참 이상한 일이다. 막상 돌아와 보니 부럽던 마
음은 사라지고 마냥 편안했다. 몇 포기 안 되는 꽃과 아직
어려서 볼품없는 나무들이 더 사랑스럽고 정겨워지는 것
이었다. 세월이 저들을 키우고 번식시킬 터이니 지긋이 기
다리며 지켜보자는 마음이 들었다.

여기 살고 있는 것들은 진귀하지도 값비싸지도 않다. 아
니, 값을 매길 수 없는 존재들이다. 가져다 준 사람과 그 사
람에 얽힌 이런 저런 사연이 떠올라, 바라볼 때마다 따뜻
해지고 때로는 애틋해진다.

숨은 뜰의 나무 그루터기는 지난여름 장마 때 산 아래
계곡에서 표류하다 구조되어 왔다. 나무 그루터기 감고 올
라가는 더덕 넝쿨은 재래시장 노점에서 토종 씨앗 팔던 할
머니의 선물이다. 토종 씨앗 몇 봉지 팔아 드리고 덤으로
더덕 씨앗까지 얻은 것이다. 할머니가 일러 주신 대로 고

운 모래에 씨앗을 섞어 뿌려서 싹을 틔울 수 있었다.

앞뜰의 라일락과 소나무는 나무 그루터기 건져다준 후배의 고향집 뒷산에서 왔다. 소나무를 휘감고 올라가는 능소화는 남편의 선배님이 심어준 것이다. 도랑가 물푸레나무와 두릅나무는 과수원 친구에게서 얻어왔고 허브꽃밭의 체리세이지와 로즈메리는 장승을 손수 깎아온 후배가 함께 가져온 선물이다.

장승과 함께 우리 집을 지켜주고 있는 멍멍이는 사람을 너무 좋아하고 따른다. 마당 쓸고 있는 주인 곁을 맴돌다 빗자루에 맞아 한쪽 눈이 멀었다고 했다. 죄책감 때문에 곁에 두고 보기 힘들다고 주인이 데려왔는데 우리 집에 온 뒤로 눈이 멀쩡하게 나았다. 라일락 그늘에 놓여 있는 돌탁자도 멍멍이와 함께 그 집에서 왔다. 초가을부터 피어나 첫서리 내린 뒤까지 향기를 잃지 않는 노란 소국은 예전에 근무하던 학교에서 왔다. 행사용 화분에 피었다가 쓰레기장에 버려진 국화의 뿌리를 거두어 심은 것이다.

아파트에 살던 시절의 나는 쭈그러진 양파나 싹이 난 감

자를 음식물 쓰레기통에 던져 넣으면서 생명을 버린다는
생각은 미처 하지 못했다. 꽃과 나무를 좋아한답시고 분재
나 화분을 들여 놓고는 제대로 돌보지 못해 고사시키기도
했다. 그때 저지른 잘못을 지금, 조금이나마 갚는 것일까?

견딘다는
그 말

라일락 그늘에 앉아 아침 신
문을 막 펼쳐들었을 때 친구한테서 전화가 왔다. 수심이
뚝뚝 묻어나는 음성이다.

"아장이를 안락사시켜야 한다는데… 어디에 묻을지 막
막해. 너한테 가면 묻어줄 수 있겠니?"

'아장이'는 15년 동안 친구네 가족으로 살아온 반려견이
다. 치매 증상이 심하여 동물병원에 데리고 갔더니 안락사
를 권하더란다.

"외롭지 않게 내 강아지들 무덤 옆에 묻어줄 게. 감당하

느라 너무 애쓰지 말고 이제 그만 보내줘라. 짐승이니까 그래도 된다는 뜻이 아니라… 안락사, 경우에 따라서 사람에게도 필요하다고 나는 생각해."

잠시 침묵이 흐르더니 조금 담담해진 친구의 음성이 들려왔다. 고맙다고, 물을 곳이 생겨서 마음이 한결 편안해졌다고 했다. 사실은, 견디는 데까지 견뎌 보자고 어제 가족회의에서 결정했단다. 똥오줌 못 가리는 '아장이' 때문에 고약한 냄새를 견뎌야 하지만 아무도 찌푸리거나 불평하지 않는다는 것이다. 똥오줌 치우고 씻어 주고 보살피면서 아직은 모두가 잘 견디고 있단다. 견딘다는 말, 그 말이 내 심금을 울렸다.

친구도, 나도, 즐거운 날보다는 견뎌야 하는 날들이 더 많았던 것 같다. 그러나 괜찮았다. 강제된 의무가 아닌, 존중받아야 할 존재에게 바치는 자발적 헌신이라고 믿었기에 잘 견딜 수 있었다. 지치고 힘들어 보여 내가 걱정할 때마다 인간에 대한 예의와 도리를 말하던 친구였다. 나는 그 말을 '사랑'으로 알아들었다. 지금 그녀의 가족들이 치매 증상이 있는 반려견을 보살피며 견뎌 내는 것도 생명에 대한 예의와 도리이면서 사랑일 것이다.

"치매가 깊어지기 전에는 비틀거리면서도 필사적으로 변기를 찾아 배설했었어. 입이 그렇게 짧던 놈이 이제는 살아보겠다고 악착같이 먹어대는데 차마…."

울먹임으로 바뀐 친구의 음성은 바람에 섞여 흩어지고, 한 모금 마시고 내려놓은 커피는 돌 탁자 위에서 우두커니 식어 가고 있었다. 마구 먹어대는 것 자체가 치매 증상이라는 말을 나는 차마 하지 못했다. 너무 애쓰지는 말라고, 할 수 있는 만큼만 하라고, 겨우 그 말만 했다.

두어 달 전에 만났을 땐, 식음 전폐한 아장이에게 고깃국을 끓여 주었는데 입도 대지 않는다고 걱정하던 친구였다. 그 때도 나는 '뭘 그렇게까지…' 라고 참견하려다 말았다. 지나치게(?) 헌신적인 친구가 안타까웠지만 바로 그 점이 내가 그녀를 좋아하는 이유 중 하나이기도 했다.

천수를 누리지 못하고 비명횡사하거나 행방불명된 나의 강아지들이 생각났다. '아장이는 반려가족을 잘 만나 그나마 행운이라고, 지켜 주지 못한 내 강아지들 생각하면 나는 더 마음이 아프다'고 말하려다 꿀꺽 삼켰다.

늙고 병든 모습 지켜보는 슬픔과 너무 일찍 여읜 슬픔 중 무엇이 더 힘든지, 어떻게 비교할 수 있겠는가.

제2부

옥수수가 익는 시간

사쓰끼,
음력 오월의
철쭉

한동안 분재와 수석에 심취
했었던 지인이 집들이 선물이라며 영산홍 화분을 들고 왔
다. 일본철쭉의 한 종류인 사쓰끼철쭉이라고 했다. 사쓰끼
는 음력 5월인 '고월(皐月)'을 뜻하며 다른 철쭉보다 조금
늦게 초여름에 피기 때문에 붙여진 이름이라는 설명이었
다. 수령 50년 넘은 분재를 거금을 주고 사들여 5년 넘게
키웠다니 무척이나 귀한 나무였다.

작은 몸집인데도 웅장함이 서려 있을 뿐 아니라 균형 잡
힌 수려함까지 갖추고 있어 첫눈에 반했단다. 그러나 지금
은 분재의 강제된 균형과 가공된 아름다움이 안쓰럽고 불

편해졌다는 것이다. 애지중지 키우던 분재들을 모두 풀어서 자연으로 돌려보내고 있는 중이라 하였다.

해마다 온실 속에서 겨울을 났기 때문에 노지에서의 첫 겨울이 걱정된다면서도 그는 돌담장 곁 볕바른 곳에 사쓰끼를 심어 주고 갔다. 산간지역의 개울가 바위에 붙어 자랐을 원산지의 환경을 고려한 것이라 했다. 월동을 걱정하며 만류하는 나에게 그는, 죽고 살고는 자연의 섭리에 맡기겠다고 하였다.

다행이 그해 겨울을 무사히 넘긴 사쓰끼는 이듬해 봄 새잎을 틔우고 초여름인 음력 5월에 몇 송이나마 꽃을 피웠다. 앞서 꽃을 피운 다른 종류의 철쭉보다 잎이 작고 야무졌으며 꽃송이의 빛깔은 훨씬 진하고 아름다웠다. 소식을 전해들은 지인이 무척 기뻐하며 꽃을 보러 달려왔다.

그러나 사쓰끼가 온실 밖에서 맞이한 두 번째 겨울은 유난히 추웠다. 다시 찾아온 봄. 사쓰끼는 지난봄보다 늦게 몇 장의 잎을 가까스로 틔웠을 뿐 그해 여름이 다 가도록 꽃을 피우지 못하였다. 그 다음해부터는 잎조차 돋아나지 않아 명이 다한 것으로 생각되었으나 차마 뽑아내지 못하였다. 메마른 가지를 사방팔방으로 펼치고 있는 모습이 마치 천수관음상 같았기 때문이다.

7년 째 되던 봄. 죽은 줄 알았던 나무에 초록 빛 잎이 몇 장 돈은 걸 발견하고는 잠시 내 눈을 의심하였다. 자세히 살펴보니 원줄기가 아닌 밑동 쪽 다른 줄기에서 곁가지가 새로 벋고 있었고 그 가느다란 곁가지에서 돋아난 이파리였다. 손가락이 까딱까딱 움직이는 것으로 의식불명 환자의 회복을 암시하던 영화의 한 장면이 떠올랐다. 7년여의 투병 끝에 사쓰끼의 손가락이 초록 빛 잎을 매달아 회생의 신호를 보내온 것이었다.

다시 5년의 세월이 흘렀다. 나무의 중심인 원줄기는 끝내 되살아나지 못했지만 그 대신 남쪽으로 벋은 줄기 하나가 유독 굵었다. 그 줄기로부터 해마다 새로운 곁가지들이 돋아나 잎을 늘렸다. 나는 언젠가는 꽃이 피어나리라는 간절한 소망을 담은 시 '꿈꾸는 영산홍'을 써서 사쓰끼에게 바쳤다. 시집이 출간되던 해에 놀라운 일이 또 한 번 일어났다. 그해 초여름에 사쓰끼, 음력 오월의 철쭉이 드디어

진분홍 꽃 아홉 송이를 피워 낸 것이다. 투병 12년만의 감
동적인 회생이었다.

 원줄기가 고사한 탓에 천수관음상 같았던 자태가 망가
진 사쓰끼. 내 집에 처음 왔을 때의 웅장함과 균형 잡힌 수
려함을 잃었지만 해마다 꽃송이를 늘려 피우고 있다. 몸
은 비록 장애를 지녔어도 정신만은 올곧고 건강한 사람처
럼….

달빛에
앵두가
무르익는 밤

개구리 울음소리에 장단 맞춰 컴퓨터 자판 두드리는 초여름 밤. 쓰던 글 잠시 멈추고 개구리 떼 창 소리에 오롯이 귀를 기울여 본다.

'꽉꽉 깩깩, 깨구락 깩깩, 와그르르 깩깩…'

시커멓게 물든 손톱을 잠시 들여다보다 쓰던 글을 계속한다. 도랑가에서 꺾어 온 머윗대 껍질 벗기고 뒷산에서 따온 버찌에서 씨앗 발라내느라고 고단한 손톱이다.

계절이 바쁘니 덩달아 나도 바쁘다. 오늘은 뒷산에서 버찌를 따 가지고 내려오다가 산딸기 덤불을 만났다. 산딸기까지 따오느라 늦게 돌아왔더니 발갛게 볼 부은 물앵두 열매들이 내 집 울타리에서 기다리고 있다. 터질 듯 농익은 저희들을 내버려두고 어딜 그렇게 쏘다니는 것이냐고 투덜대는 것만 같다. 돌아오는 길에 만난 야생 뽕나무의 까만 오디는 슬쩍 건너뛰고 왔건만….

　버찌 씨 발라내어 잼과 시럽 졸이기도 바쁜데 내일은 산딸기와 앵두까지 갈무리해야 될 것 같다. 열매들은 어쩌자고 동시다발로 익어 달콤한 향기로 나를 혹사하는 걸까? 아침 신문을 저녁에 펼쳐 놓고 꾸벅꾸벅 졸다가 쓰러져 자는 나날이다. 심지어는 아침 커피를 저녁에 마시기도 한다.

　소나무 아래 바윗등이나 물푸레나무 그늘 탁자 위에 놓았던 아침 커피를 저녁에 마시는 일이 더러 있다. 우편함에서 꺼내온 신문 펼쳐 놓고 몇 모금 마시다가 언뜻 전날 봐둔 애호박이 떠올라 일어선다. 그리고는 돌아오지 못한다. 애호박 따들고 돌아서는 발길에 차이는 비름나물 꺾느라고, 읽다 만 신문과 마시던 커피를 잊는 것이다.

　애호박 볶고 비름나물 삶아 무쳐 아침밥상 차리고 나면

앞산 뻐꾸기가 울어댄다. 돌미나리 뜯으러 안 올 거냐고
부르는 것만 같다. 앞산 중턱 맑은 물 흐르는 곳에 자생하
는 돌미나리가 궁금하지만 텃밭에 주렁주렁한 오이 따서
소금물 끓여 붓고 열무도 솎아 주어야 한다.

  야생 오디와 물앵두는 언제 딸 거냐고 달님이 들창 너머
로 찾아와 근심스럽게 기웃댄다. 베갯머리가 너무 환하여
차마 잠들지 못하는 음력 오월 보름. 달빛에 앵두가 무르
익는 밤이다. 개구리 떼 창 소리를 자장가 삼아 잠을 청한
다. 아까와는 조금 다르게 들린다.
  '꽉꽉 깨구르르, 깨구르르 깩깩, 와글와글 깩깩…'
  너무 욕심 부리지 말라고 꾸짖는 소리로 들린다. 조금
덜 챙기고 다른 생명들 몫도 남겨 두라고, 더러는 땅으로
되돌아갈 수 있도록 내버려두라고 ….

야생
자두

바구니에 한가득, 출입문 앞에 놓여 있는 자두를 보고 깜짝 놀랐다.

"어? 이 많은 자두를 누가 놓고 간 거야?"

풀 뽑는 남편에게 앵두 주스 건네면서 물었더니 사뭇 태연한 대답이 돌아온다.

"놓고 가긴, 누가? 우리 나무에서 딴 거지."

"그게 무슨 소리? 자두나무 죽은 지가 언젠데…."

이곳에 집 짓고 들어와 제일 먼저 심은 나무가 자두나무였다. 따먹기 좋게 가지치기 해주며 정성을 기울였지만 몇 해 지나서야 드문드문 열매를 맺었다. 그나마 채 익기도 전에 벌레 먹어 떨어지고 얼마 남지 않은 열매마저 새와 벌들이 쪼아 떨어뜨렸다. 떨어진 열매 주워 잼 한 병 건지면 다행이었다. 농약을 치지 않아서 그렇다고들 했다. 해거리를 하는지 아예 안 열리는 해도 있었다. 그 나무는 조경공사를 새로 하느라 자리를 옮긴 탓에 시름시름하다 죽어버린 지 오래되었는데 난데없이 웬 자두나무란 말인가?

어리둥절한 나를 데리고 남편은 텃밭 끄트머리를 돌아 도랑 건너편으로 갔다. 온갖 씨앗들이 날아와 제 멋대로 싹터 자라고 있는 자투리땅을 말없이 가리킨다. 도랑가 북쪽 비탈에 비스듬히 서 있는, 그동안 있는 줄도 몰랐던 나무가 비로소 내 눈에 들어왔다. 잡목들을 타고 올라 뒤얽크러진 넝쿨이며 버드나무, 뽕나무에 가려져 밭에서는 보이지 않던 나무였다. 올려다보니 검붉은 자두열매가 주렁주렁하였다. 저렇게 열려 익도록 그동안 까맣게 몰랐다니? 어이없는 일이었다.

야생종으로 짐작되는 자두열매를 두 양동이 넘게 수확

했다. 높은 가지 끝 열매는 손이 닿지 않아 장대로 두들기거나 흔들었다. 찔레덤불과 도랑으로 마구 떨어진 열매들까지 알뜰히 주워 담았다. 앞치마에 쓱쓱 문질러 한입 베어 무니 입 안 가득 맛보다 먼저 향기가 고인다. 정성껏 심어 가꾼 나무 열매는 새와 벌에게 빼앗기고 심지도 않은 야생의 나무한테 열매를 얻다니…. 개량종은 야생동물이 먹고 야생종은 인간이 먹게 된 이 아이러니는 또 무엇이란 말인가?

죽은 자두나무는 햇볕 잘 드는 마당 한가운데 있어서 그랬는지 알이 굵고 맛도 좋았었다. 맛이 너무 달콤한 탓에 새와 벌들의 표적이 되었다고 나는 지금도 생각하고 있다. 내 몫의 열매가 거의 남아 있지 않은 그 나무를 올려다보며 얼마나 허망했던가! 나무 시장에서 사다 심은 그 자두나무는 개량종이었고 개량종은 약을 쳐야만 수확이 가능하다는 것을 나무가 죽은 뒤에야 알았다. 미리 알았다 해도 어차피 약을 치지는 않았겠지만….

"근데 이 자두는 약도 안 쳤는데 왜 벌레랑 새들이 내버려뒀을까?”

그러나 남편인들 그 까닭을 알겠는가.

“우리가 (열린 줄) 몰랐는디 걔들이라구 알았겠어?”

우스갯소리 잘하는 남편의 싱거운 답변에 낙천적이지 못한 나는 까칠한 분석을 들이댄다.

“그늘에 열려서 맛이 없으니깐 고것들이 냅둔 거 아녀?”

“맛이 없긴 왜 없어? 새콤달콤한 게 맛이 아주 살아 있구먼.”

알이 자잘한 데다 굵기도 고르지 않고 개량종에 비해 단맛보다는 신맛이 강하다. 그러나 싱싱하고 상큼한 야생의 맛이 살아있었다. 부드럽고 달콤한 맛에 길들여진 혀를 도발하고 침샘을 자극하는 산뜻한 매혹! 야생 자두나무의 선물이었다.

여름,
숲의 향기

아침 산책길에서 갓 피어난 노란 원추리 꽃을 만났다. 개나리나 애기똥풀꽃의 원초적 노랑과는 다른 겨자 빛의 깊고 차분한 노랑이다. 언뜻 보면 나리꽃과 비슷하다. 그러나 현란한 주홍빛에 검은 반점이 다닥다닥한 나리꽃에 비해 소박하면서도 해맑은 아름다움이 있다.

가까이 두고 싶은 마음에 한 뿌리 캐어다 심어 본 적도 있다. 그러나 내 집 꽃밭에 핀 원추리 꽃에는 날벌레가 들끓었다. 숲에서 살 때의 생기와 때깔을 잃고 벌레들에게 시달리며 시름시름 앓는 것이었다. 그 모습을 보다 못해 제 고향으로 돌려보냈다.

이 숲에는 나만이 아는 (그렇게 믿는) 원추리 군락지가 있다. 꽃이 보고 싶으면 내가 찾아가 만나면 되는 것. 곁에 잡아두려는 마음보다는 이것이 더 사랑이라고 믿는다.

시든 꽃자리에 야무진 열매를 매단 은방울꽃, 초롱꽃 군락지를 지날 때 바람결에 실려 오는 향기가 있다. 맡아질 듯 말 듯 감질나게 옅은 내음이지만 청아하고 싱그럽다. 여름 숲 어디엔가 나 몰래 숨어 피는 꽃이 있나보다.

알듯 모를 듯 어렴풋한 향기가 궁금해 숲 속을 헤맨 적도 있었다. 야생 사과 꽃이나 더덕 꽃을 만나는 기쁨도 있었으나 우연한 발견일 뿐이었다. 가까이 갈수록 오히려 멀어지는 향기도 있음을 알게 되었다.

코끝에 대고 맡는 것보다 바람결에 실려 오는 향기의 여운이 더 오래 남는다. 불어오는 바람을 향해 눈을 감고 심호흡을 해본다. 여러 종류의 꽃향기가 뒤섞인 바람이다. 피는 꽃보다 지는 꽃의 향기가 더 깊고 고혹적임을 알겠다.

소나무와 참나무가 주종을 이루는 숲이지만 다양한 나

무들이 함께 살고 있다. 벚나무, 밤나무, 오리나무, 화살나무, 능금나무, 생강나무, 진달래…. 고요와 평화로 가득한 것 같지만 자세히 들여다보면 냉혹한 삶의 현장이다. 나무들의 치열한 자리다툼과 크고 작은 생명들의 약육강식이 있다.

생존경쟁에 지친 사람들은 치유를 위해 숲을 찾는다. 그러나 자세히 살펴보면 나무들의 생존경쟁도 사람 못지않게 치열함을 알 수 있다. 다만, 사람과 달리 이웃의 결핍을 조롱하지 않으며 다른 나무를 시기하거나 헐뜯는 치졸함이 없을 뿐이다. 소나무는 소나무답게 참나무는 참나무답게 묵묵히 숲을 지키며 존재한다. 도토리를 매달지 못해 속상한 소나무도 없고 사계절 푸르지 못해 슬퍼할 참나무도 없다. '소나무처럼 사계절 푸르러야 한다.'고 아들 참나무에게 훈계하는 아빠 참나무가 있으랴. '너도 참나무처럼 열심히 노력해서 도토리를 주렁주렁 매달아야 한다.'고 딸 소나무를 닦달하는 엄마 소나무가 있겠는가. 그러나 인간 세상에서는 예사로 벌어지는 일이다.

숲을 찾는 사람들이 좋아하는 '피톤치드'라는 치유물질

은 병균과 해충에 저항하기 위해 나무가 내뿜는 고통스런 분비물이라고 한다. 이웃의 식물들에게 위험을 알리는 경고의 신호이기도 하다. 햇볕 한 줌이라도 더 받기 위해 제 영역을 지키기 위해 식물들도 경쟁을 하지만, 해충의 공격을 받거나 상처를 입으면 분비물과 냄새를 통해 이웃에게 조심하라는 신호를 보낸다. 식물들의 이러한 미덕에 대하여 우리는 감탄하고 칭송한다.

그러나 정작 인간세상은 어떠한가? 자신의 고통과 상처를 못 이겨 타인에게 화풀이 하거나 더 큰 고통과 상처를 입히기도 한다. 식물의 향기는 칭송하고 즐기면서 인간이 보내는 고통의 신호에는 둔감하거나 모르는 척 외면한다. 나무처럼 자신의 고통을 승화할 줄 아는 사람이 있어 '피톤치드'를 발산하더라도 불결한 분비물이나 불온한 냄새로 취급당하기 일쑤이다. 인간세상이 평화롭지 못한 것은 생존경쟁 때문만은 아니다. 자신과 타인의 고통에 대한 대처 방식이 잘못된 탓도 있을 것이다.

치유의 향기로 가득한 이 숲을 떠난 원추리가 내 집 꽃밭에서 겪었을 고통과 수모를, 사랑이라는 이름의 소유욕에 대하여 생각해 본다. 숲을 떠나 인간의 정원으로 옮겨진 식물들이 모두 내가 옮겨 심었던 원추리 같지는 않다는 것을 모르지 않는다. 그러나 '다들 잘 적응하는데 원추리 너만 왜 그렇게 유별스럽냐?'고, '네가 문제'라고 나무랄 수는 없는 일이다.

　두서없는 상념에서 깨어나 인간들 세상을 향하여 천천히 내려간다. 개암나무는 아기 배꼽 같은 열매를 연두 빛 잎자루로 감싸 안아 키우고 있고 밤꽃이 누렇게 시들고 있다. 밤꽃이 떨어져나간 꽃자리에는 가시조차 초록빛으로 말랑말랑한 아기 밤송이가 초롱초롱 맺힐 것이다.
　발자국 소리에 놀란 산 꿩이 푸드덕 날아오른다. 다람쥐는 나무 꼭대기로 조르르 올라가더니 숲 속의 침입자를 두려운 듯 놀리는 듯 내려다본다.

　'그래, 그래, 미안하구나. 여긴 오래 전부터 너희들 영역인 것을…'

장다리꽃밭
이야기

씨앗 뿌린 지 불과 사나흘 만에 파란 열무 싹이 돋아나 얼마나 기쁘고 신기했는지 모른다. 이다지 조그맣고 여린 것이 혼자 힘으로 흙을 뚫고 나오다니…. 수선화도 라일락도 져버린 늦봄의 상실감을 아침저녁 열무 싹 들여다보는 재미로 달랬다. 씨앗을 너무 많이 뿌린 탓인지 오그르르 돋아난 싹들이 다투어 발돋움하느라 허옇게 뿌리를 드러내는 모습이 안쓰럽기도 했다. 그러나 드문드문 솎아서 갖은 양념에 무치니 제법 훌륭한 나물반찬이 되었다. 농약과 비료를 멀리하고 햇살과 비, 바람과 이슬로 자란 어린 열무로 시원하고 칼칼한 물김치도 담갔다. 좀 더 자란 다음에는 찾아오는 벗들에게 한 아름씩 솎아서 안겨주기도 했다.

날씨가 점점 따뜻해지면서 쑥갓이며 아욱, 온갖 푸성귀들이 뒤를 이어 돋아났다. 은방울꽃, 패랭이, 두메양귀비… 어여쁜 야생화들도 다투어 피어나니 관심과 발길이 시나브로 열무 밭에서 멀어지게 되었다.

그러던 어느 날. 열무 밭에 우후죽순처럼 돋아난 장다리를 보고서야 열무 농사가 때를 넘긴 걸 알았다. 어린 시절 기억을 되살려 적당히 물오른 장다리 순을 꺾어 껍질 벗겨내고 속살을 깨물어 보았다. 눈시울과 입안에 매콤 쌉싸레한 이슬이 고이더니 향긋하면서도 달콤 삽상한 뒷맛이 따라왔다. 무어라 표현하기 어려운 독특한 맛이었다.

옛 추억으로 잠시 촉촉했으나 정신 차리고 다시 바라보니 한심하고 민망한 노릇이었다. '무공해 채소'니 '자연의 선물'이니 이름 붙이며 흐뭇했지만 겉멋만 잔뜩 부린 꼴이 되었다.

장다리 밭으로 변한 열무 밭을 갈아엎고 무엇이든 새로

심어야 했다. 이런저런 바깥일들을 핑계로 차일피일하던 어느 날. 유리창을 쪼아대는 까치 소리에 선잠을 깨었다. 반사 유리에 비친 바깥 풍경을 현실로 착각한 새들이 가끔 이런 실수를 하는 것이다. 잠에 취한 몽롱한 눈으로 창밖을 바라보았다. 어슴푸레한 새벽안개 속에서 청초하게 빛나는 새하얀 꽃무리가 있었다. 안개꽃? 나는 잠꼬대처럼 중얼거리면서 눈을 비볐다. 꽃다발에 장식용으로 쓰이는 안개꽃을 장다리꽃보다 더 가까이 하면서 살아온 세월이 너무 길었나보다. 안개꽃이 아니라 장다리꽃이 핀 것이었다.

가까이 들여다보면 흰색에 가까운 연보라 빛이지만 멀리서 바라보면 흰색보다 오히려 더 희게 빛나는 꽃. 어둑어둑 땅거미 질 무렵이면 청초한 자태가 더욱 도드라져 보이는 꽃. 이름조차 싱그럽고 소박한 장다리꽃이었다. 어떤 밤에는 달빛에 젖은 장다리꽃밭의 몽롱한 아름다움에 홀려 몽유병자처럼 밭머리를 서성이기도 하였다.

장다리꽃밭을 사랑한 건 나뿐만 아니었다. 벌, 나비, 잠자리 말고도 온갖 풀벌레들이 끊임없이 찾아와 노닐었으며 아예 깃들어 살기도 했다. 온갖 생명들이 함께 어우러

져 먹고 먹히고 싸우고 사랑하고 알을 낳고…. 그 아기자
기하면서도 치열한 삶이 장엄하고 아름다웠기에 놓쳐버린
열무 농사가 아깝지만은 않았다. 그러나 피고 지고 또 피
던 장다리꽃들도 마침내 시들어 떨어져 꽃밭이 나날이 퇴
색해 가니 더 황폐해지기 전에 정리해야만 했다.

　드디어 장다리꽃밭 정리하는 날. 씨앗 받을 몇 포기만
남기고 한 포기 한 포기 뽑아 젖히다 까무러칠 듯 놀라 엉
덩방아를 찧고 말았다. 밭 흙과 색이 같은 흑갈색 개구리
한 마리가 장다리 숲에서 툭 튀어나온 것이다. 날름거리는
빨간 혀 아래에 시퍼런 벌레를 머금고 도무지 영문을 모
르겠다는 듯 멀뚱거리고 있었다. 하필 식사 도중에 지진을
만나 허겁지겁 뛰쳐나온 가엾은 개구리였다. '놀란 건 난
데, 왜 그 쪽에서 더 호들갑이냐?'고 어이없어 하는 것 같
았다.

　놀란 가슴을 진정시키면서 폐허가 된 장다리꽃밭을 둘
러보았다. 아! 우왕좌왕 갈팡질팡 허둥대는 벌레들…. 내가
아무리 놀랐다 한들 이들만큼 놀랐으랴! 나는 그동안, 꽃을

찾아 우아하고 맵시 있게 팔랑거리거나 줄기와 이파리 사이로 토도독 튀어 다니는 날벌레들만 주목했던 것이다. 그 아래 그늘지고 축축한 곳에서 한 살림 벌이거나 땅 속에 보금자리 틀고 있는 생명들을 미처 염두에 두지 못했다.

본의 아니게, 나는 한 세계를 파괴해 버린 것이었다.

옥수수가 익는
시간

'대학찰옥수수'라는 기묘한 이름을 달고 요즘 제법 잘 팔리고 있다는 노란 옥수수가 우리 집 텃밭에도 몇 그루 자라고 있다. 다른 농작물에 그늘 드리울까 봐 텃밭의 북쪽 가장자리에 심었는데 소박하고 서민적인 이미지와는 달리 은근히 까다로운 작물이다.

가지 나무에는 가지가 주렁주렁, 방울토마토 나무에는 방울토마토가 방울방울인데 옥수수는 한 그루에 고작 서너 자루만 열릴 뿐이다. 게다가 조금이라도 미리 따서 삶으면 찰기도 없을 뿐 아니라 비리고 밍밍하여 맛이 없다.

그렇다고 때를 넘기면 너무 거칠고 딱딱해서 먹기 어려우니 딱 알맞게 여물었을 때 따 주어야만 되는 것이다. 그러나 알맹이가 이파리에 겹겹이 싸여 있으니 얼마나 여물었는지 가늠하기도 어렵다. 수염 색깔이 붉은 갈색으로 진해지고 시들어 꾀죄죄해질 무렵 따면 된다는 걸 요즘 겨우 터득했다.

옥수수의 까다로움은 여기에서 그치지 않는다. 옛날에는 구황작물이었으나 요즘 들어 옥수수와 함께 웰빙식품으로 신분상승한 감자와는 너무나 다르다. 감자는, 하지감자라는 이름대로 하지 무렵에 캐어 보관해 놓고 필요할 때마다 삶아먹거나 조리하면 그만이다. 그러나 옥수수는 제때에 요령껏 따더라도 하루만 묵혀 놓으면 육질이 뻣뻣해진다. 옥수수의 이런 특성 때문에 알갱이를 빻아 가루로 보관하는 지혜가 생기지 않았나 싶기도 하다.

그러나 또 한편으로 옥수수는 감자에게 없는 다른 미덕이 있다. 감자는 야채인 까닭에 온도와 습도를 잘 맞춰주지 않으면 썩거나 싹이 나 쭈그러들게 마련이지만 곡물 성

분인 옥수수는 삶아서 냉동해 놓았다 다시 쪄먹으면 된
다. 쫄깃하면서도 부드럽고 구수한 원래의 맛이 그대로 되
살아나는 것이다. 도시의 겨울, 추운 거리에서 언제부턴가
슬그머니 사라진 군고구마 대신 찐 옥수수가 그 자리를 차
지하게 된 비결도 여기에 있을 것이다. 냉장고의 냉동기능
덕분에 옥수수는 이제 일반 가정에서도 사시사철 언제나
먹을 수 있는 간식으로 자리 잡게 되었다.

　텃밭에서 방금 따온 옥수수를 찜 솥에 앉혀 놓고 이 글
을 쓰고 있다. 감자든 옥수수든 알맞게 익는 데 걸리는 정
확한 시간을 나는 아직도 잘 모른다. 물을 넉넉하게 잡아
삶다가 젓가락으로 찔러 보아 가늠할 따름이다. 그러나 이
건 감자에게나 통하는 방법이어서 옥수수 삶을 때마다 난
감했다. 가스 불 위에 올려놓고 깜빡하는 바람에 솥단지를
태우기도 여러 번 했다.

　그러던 어느 날. 옥수수가 익기를 기다리면서 책을 읽고
있는데 구수한 냄새가 솔솔 풍기더니 시나브로 사라지는
것이었다. 찜 솥에 옥수수 앉혀 놓고 딴 일 하느라 이리저

리 바쁘게 돌아칠 때는 알지 못했던 '옥수수가 익는 시간'을 비로소 만난 것이다.

지금 이렇게 주방 식탁에 지켜 앉아 글을 쓰면서 '옥수수가 익는 시간', '그 순간에만 맡을 수 있는 냄새'를 기다리는 마음. 한눈팔다 놓쳐 버린 내 인생의 향기로운 시간들, 바쁘게 돌아치며 사느라고 멀어지거나 잃어버린 소중한 인연들을 생각하는 마음이기도 하다.

새허구 사람허구
같간디?

소나기 꺼끔해진 오후. 비에
젖어 더욱 청초해진 도라지꽃에 이끌려 텃밭에 나왔다. 그
러나 이랑까지 뒤덮을 기세로 왕성해진 밭고랑 풀들을 보
고는 한숨을 포옥 쉬고 말았다. 토란잎에 맺힌 빗방울이
보석보다 영롱하다고 감탄하는 사이 방울토마토는 터지고
짓물러 땅에 떨어졌다. 때를 놓친 취청오이는 풀 섶에 숨
어 누렇게 늙어 가고 있는 중이다.

한숨 소리를 훔쳐 들었는지 텃밭 끄트머리에서 먹이를
쪼아 대던 새들이 포르르 날아오른다.

"때를 놓치긴 뭘 놓쳐유? 게으른 농사꾼 만난 덕에 지대로 익어 가는구먼~"

조잘조잘 약 올리며 뒷산으로 도망간다. 걱정할 것 없다고, 내버려두면 저희들이 알아서 다 처리해 주겠단다. 탐스럽게 열린 살구와 자두 열매를 골고루 한입씩 쪼아 요절낸 얄미운 놈들이다. 그러고도 모자라 이제는 콩밭까지 넘보는 중이다.

"기왕에 입 댄 열매나 마저 먹구 나서 다른 걸 건드리면 오죽 좋아? 열매란 열매는 죄다 한 번씩 집적대는 심뽀는 또 뭐여?"

부질없이 궁시렁거리다가 이내 마음을 추슬러 고쳐먹었다.

"에휴, 바랄 걸 바라야지. 새허구 사람허구 같간디?"

성하고 때깔 좋은 열매는 번번이 새와 벌들이 개시하고 고놈들의 날카로운 입맞춤에 놀라 시름시름 앓다 떨어진 열매들이 내 몫이었다. 새들의 영역인 뒷산의 버찌와 산딸기를 나도 적잖이 축냈으니 피장파장이긴 하다만⋯.

초여름에 입맛 돋워 주던 상추는 이미 쇠어서 꽃대를 한

뼘 넘게 키우고 있다. 쌉싸름한 매력의 머위 쌈이 질겨질 즈음 풋풋한 상추 잎이 등장하고 상추쌈에 식상할 무렵이면 구수한 호박잎쌈이 밥상에 오른다. 계절이야말로 가장 다채롭고 위대한 자연의 밥상이다.

저녁 밥상에 올릴 된장찌개를 위하여 윤기 자르르한 애호박을 한 통 땄다. 호박잎과 풋고추도 한 줌 따서 바구니에 담았다. 콩밭 그늘에 숨어 자라는 야들야들한 비름나물도 꺾어서 보탰다. 씨 뿌려 가꾸지 않아도 계절 따라 냉이, 씀바귀, 고들빼기, 홑잎나물, 취나물이 지천이다. 건달 농사꾼의 밥상에 나물 반찬이 끊이지 않는 건 순전히 계절과 자연의 농사 덕택이다.

비름나물 다듬으며 앞산을 올려다보니 산마루에 먹구름이 몰려들고 있다. 소나기가 또 한 차례 쏟아질 모양새다. 소주든 와인이든 비오는 날의 술 한 잔은 더욱 향기로운 법. 서둘러 비름나물 삶아 무치고 호박전도 부쳐야겠다.

그나저나 비가 오면 새들은 어쩐다지? 나뭇가지와 풀잎 얼기설기 엮어 지은 지붕 없는 둥지에서 고스란히 비를 견

디는지, 바위 밑에라도 들어가 비를 피하는 건지, 내 얕은
지식으로는 알 길이 없다.

'별 걱정 다 허구 있네. 새허구 사람허구 같간디?'

여간해서는 물에 젖지 않는다는 고놈들의 깃털을 믿고
부질없는 걱정을 접을 수밖에….

예쁘지 않더라도
향기롭지 않더라도

계절과 자연에 더 많이 기대는 서투른 농사꾼 터수에도 불구하고 올해에는 잔디밭을 줄여 텃밭을 늘렸다. 잔디밭 가꾸는 공력을 차라리 텃밭에 쏟아 보리라는 심산이다. 앞산, 뒷산, 사방팔방에서 온갖 씨앗들이 바람 타고 날아와 제 맘대로 뿌리내리는 이곳에 잔디밭이란 처음부터 가당치 않았는지도 모른다.

민들레나 괭이밥, 토끼풀 정도야 꽃이 예쁘다는 핑계로 눈감아줄 수도 있다. 마음만 먹으면 쉽게 뽑아낼 수 있는 풀이기도 하다. 문제는 놀라운 번식력으로 잔디밭을 점령해 버리는 정체 모를 불청객인데 잔디와 너무 비슷하여 구

별하기도 어렵다. 어느 정도 자라면 잔디보다 색깔이 옅어
져 본색이 드러나기는 한다. 그러나 이미 잔디 뿌리에 바
짝 붙어 제 뿌리를 섞은 뒤라 솎아 내기 여간 곤란하지 않
다. 엄두가 나지 않아 우물쭈물 하는 사이에 보아란 듯이
씨앗까지 매달고 우쭐대는 놈이다. 아무튼 잔디인 척 시치
미 떼는 요놈에게 호미를 들이밀 때마다 마음이 사뭇 복잡
해진다. 인간 세상에서도 더러 본 듯한 생존전략이 얄밉기
도 하고 측은하기도 하다. 잔디만 살리는 제초제를 권하는
이웃이 있었으나 내키지 않는 일이다. 잔디밭에 깃들어 사
는 풀벌레 핑계를 댔지만 딱히 풀벌레 때문만은 아니다.

　나는 '잡초란 아직 효용가치가 발견되지 않은 풀'이라
는 말을 매우 좋아한다. 그러나 그 '효용가치'는 누가 발견
하고 누가 규정하는 것인가? 어차피 인간이 맡아 하는 일
이므로 인간 중심으로 규정될 수밖에 없는 것이다. 인간의
필요와 입맛에 따라 쓸모가 있느니 없느니, 이로우니 해로
우니…. 그러나 우리가 살고 있는 이 지구라는 행성이 어
찌 인간만의 것이겠는가.

텃밭에 도라지와 들깨 씨앗 처음 뿌렸던 해에도 도라지와 들깻잎 닮은 풀들 때문에 애를 먹었다. 도라지 싹인 척 들깻잎인 척 능청 떠는 이놈들을 솎아낼 때도 역시 마음이 안 좋았다. 무참하게 뽑혀 땡볕에 시들어 가는 풀들을 거두어 두엄더미에 던질 때마다 소곤소곤 속말을 건네곤 했다.

'고이고이 썩어 육탈하려무나. 너희 살던 도라지 밭 들깨 밭에 거름으로 뿌려줄게. 다음 생에는 부디 어여쁜 도라지꽃, 향긋한 들깻잎으로 환생하기 바란다.'

그러나 다시 생각해 보니 그 또한 주제넘고 부질없는 약속이었다. 생명을 가진 존재들의 의미를 인간 중심의 쓸모와 이해관계만으로 어떻게 이루 다 가늠할 수 있단 말인가. 생김새나 냄새만으로 어떻게 가치를 매길 수 있겠는가. 이름조차 모르는 그 풀들에게도 내가 미처 알지 못하는 존재 이유와 의미가 분명 있을 것이다. 비록 예쁘지 않더라도, 향기롭지 않더라도….

제3부

돌아오지 않는 것들을 기다리며

가을
나팔꽃

　　　　　　씨앗을 받으려고 나팔꽃 덩굴을 살펴보다가 채 여물지 않은 씨방 앞에서 문득 아련해진다. 이 나팔꽃의 조상인 오래 전 여름의 나팔꽃이 생각난 때문이다. 나팔꽃 덩굴 드리워진 교실 창가에서 꽃송이를 헤아리던 아이들의 재잘거림이 귓전에 되살아났다.

　꽃샘바람 스산하던 4월 어느 날. 아이들과 함께 교실 창가의 빈 화분에 나팔꽃 씨앗을 심었다. 싱그러운 아침을 선사할 나팔꽃의 환한 미소를 기대하면서…. 드디어 나팔꽃 싹이 돋아나던 날, 아이들은 창가로 몰려와 환호성을 지르며 기뻐하였다. 따가운 햇살을 가려줄 푸르고 싱싱한 덩굴을 상상하면서 나도 함께 즐거웠다.

그러나 무엇이 잘못된 것일까? 아침저녁으로 열심히 물을 주었건만 잎과 줄기는 오종종하고 빛깔조차 거무죽죽하였다. 덩굴이 채 벋기도 전에 때 아닌 꽃이 서둘러 피더니 그 오죽잖은 이파리와 꽃을 진딧물이 새카맣게 뒤덮는 것이었다. 진딧물에게 시달리면서도 나팔꽃 송이들은 아침에 피고 저녁에 시들기를 그치지 않았으나 아이들과 나는 그 꾀죄죄하고 안타까운 몰골을 짐짓 외면하게 되었다. 열심히 물을 주던 아이들의 손길도 점점 뜸해지고 나또한 여름방학을 앞두고 쏟아지는 업무에 파묻혀 나팔꽃을 잊었다.

방학식이 있던 날, 아이들을 보내고 나서야 비로소 누렇게 시든 나팔꽃 덩굴에 눈길이 가 닿았다. 놀랍게도 용케 살아남아 죽을힘을 다하여 줄기를 벋어 올리고 있었다. 뿌리 쪽 묵은 줄기와 누런 이파리들은 금방이라도 바스러질 듯 메말랐지만 꽃이 피었던 자리마다 오죽잖으나마 동그란 씨방이 맺혀 있었다. 메마른 줄기는 위쪽으로 갈수록 점점 촉촉하고 파릇해지면서 앙증맞은 새 잎과 꽃을 피워 내고 있었다. 덩굴을 거두려던 손길을 멈추고 철철 넘치도록 물을 뿌려 주었다.

개학을 며칠 앞둔 어느 날 빈 교실에 들어가 보니 나팔꽃 덩굴은 어느덧 까맣게 여문 씨앗들을 품고 고스러져 가고 있었다. 덩굴을 거두어 낸 자리에 그 조그만 씨앗들을 묻고 물을 듬뿍 뿌려 주었다. 나팔꽃의 부활을, 곧 새로운 학기를 시작할 아이들에게 좋은 선물이 될 것을 기대하면서⋯.

그해 가을, 나팔꽃 덩굴이 드리워진 교실 창가에서 교단 일기를 썼다.

나팔꽃 덩굴이 시원스럽게 벋어 나가고 있다. 어미와는 달리 아주 건강하고 깨끗한 잎과 꽃이다. 해맑은 연두색 이파리와 연보랏빛 꽃 송이가 이토록 애틋하고 대견한 까닭은 결핍과 고난 속에서 애면글면 살다 간 어미의 삶을 내가 알기 때문이리라. 그 작고 오죽잖은 씨앗 어디에 이처럼 신비한 생명의 힘이, 이토록 곱고 싱그러운 빛이 숨어 있었던 것일까?

오늘 아침에는 스물 한 송이의 꽃이 피었다고 아이들이 재잘거린다. 그 재잘거림이 행복한 나는 아이들의 미래가 저 가을 나팔꽃처럼 건강하고 싱싱하기를 소망한다. 꽃이 피었다 떨어진 자리, 꽃자리에 들어앉은 씨방을 유심히 들여다본다. 왕관 모양의 꽃받침에 감싸인 둥그런 씨방은 그 어미의 2세라고 믿기지 않을 만큼 굵고 튼실하다. 새 학기가 되어 헤어질 때 아이들과 씨앗을 나누어 가질 것이다. 새 학년 새 교실 창가, 내 집 담장에 함께 피어날 미래의 나팔꽃 송이들을 상상하는 마음이 저절로 환하다.

잃어버린 그림을
찾아서

그 그림이 언제 없어졌는지 도무지 모르겠다.

어느 날 바라보니 그림이 걸려 있던 자리를 벽시계가 차지하고 있고 그 옆에 나란히 걸려 있던 또 한 점의 자리에는 못만 덩그러니 남아 있는 것이었다. 망연자실하고 있다가 문득 오른 쪽 벽에 붙여 놓은 히말라야 연봉 사진으로 시선을 돌렸다. 포카라의 사랑곳에 올라 안나푸르나를 바라보던 혹한의 새벽이 떠올랐다. 언 몸을 녹이기 위해 커피 한 잔 사서 마시고 마지막 남은 네팔 루피를 탈탈 털어 사온 사진이다.

짚이는 바가 없지는 않았다. 한 달가량 티베트와 네팔을 여행하고 돌아왔을 때의 일이 새삼 떠올랐다. 개복숭아나무와 고욤나무가 베어지고 그루터기만 남아 있어 무척 놀랍고 속상했었다. 그림도 아마 그 즈음에 없어졌으리라 짐작되었다. 하필 내가 소중히 여기는 것만 골라 없애는 존재한테 다쳤던 마음이 다시금 덧났다. 그 마음을 사진 속 히말라야 설산과 산 아래 유채꽃 핀 마을에 들어가 달래느라고 그림이 없어진 줄도 몰랐던 것 같다.

마저 사라질 것만 같은 불안감에 히말라야 사진을 떼어내 서랍 깊숙이 감춘 다음 없어진 그림을 찾기 시작했다. 혼자 끌탕하며 집안 구석구석 뒤져 봤으나 처음부터 존재하지 않았던 물건인 양 종적이 묘연하였다. 참으로 허망한 노릇이었으나 그림 찾기에만 몰두할 수 없는 일상이 속절없이 흘러갈 뿐이었다.

사라진 두 점의 그림은 명화 달력에서 오려낸 것이었다. 복사꽃 활짝 핀 마을, 푸른 산과 들판을 배경으로 고운 한복 차림의 젊은 처자와 아낙이 새참을 이고 가는 그림 한

점. 또 한 점은 밀짚모자 쓴 농부들과 황소, 샛노란 참외 무더기를 함께 싣고 흘러가는 나룻배 그림이었다. 그림의 배경이었던 강가의 빨래하는 아낙네들과 초가 마을이 실제로 보았거나 살았던 현실의 풍경처럼 아스라이 떠오르며 무척 그립고 애달팠다.

걸어 놓을 그림이 없는 것도 아니었고 수집해 놓은 민화도 여러 장 있었다. 그런데도 굳이 달력에서 오려 내어 걸어 놓고 볼 만큼 나는 그 그림 속 옛 풍경들이 좋았다. 퇴근하여 저녁식사와 설거지를 마친 다음 고단한 심신을 이부자리에 누이고 바라보는 산촌과 강촌 풍경. 쪽창만 한 그림이었으나 나에게는 더할 나위 없이 아름답고 편안한 우주였다. 그리운 곳으로 나를 데려다 주는 영혼의 타임머신 같기도 했다.

달력 그림의 실종은 누구에게도 말 못할 상실감을 나에게 안겨 주었다. 자다가도 벌떡 일어날 만큼 그립건만 언제 없어졌는지조차 알지 못하는 나를 스스로 납득할 수 없어서 혼란스러웠다. 그러한 내가 때로는 환자 같이 느껴지기도 했다.

　사직서를 내고 비로소 한가해진 어느 날, 잃어버린 그림을 인터넷에서 찾아보았다. 오지호 화백의 그림이라고 기억하고 있었으므로 미술관과 갤러리 홈페이지에 들어가 그의 작품들을 검색해 보았다. 그러나 소장 작품이 많지 않은데다 내가 기억하는 그림과 화풍이 달라서 당혹스러웠다. 화풍이 바뀐다 해도 작가 특유의 느낌까지 변할 리 없음을 생각하다가 불현듯 오지호 화백의 자제 오승윤 화백이 떠올랐다. 부자지간인 두 분에 대한 내 어설픈 지식과 뒤섞인 기억 탓에 착오가 있었던 것 같았다.

　다시 오승윤 화백에 대하여 검색하는 과정에서 그가 2006년도에 투신자살을 했다는 충격적인 사실을 알게 되었다. 악덕 화랑주의 농간에 순진무구한 노화가가 희생된 이 사건을 <추적60분>에서도 다루었었다는데 나로서는 도무지 금시초문이었다. 그 즈음에 내가 어떻게 살았는지 생각해 보았으나 떠오르는 것이 없었다. 몇 년 동안의 세월이 통째로 날아가 생의 한 부분이 하얗게 비어 버린 듯했다. 그 시간들로부터 나 혼자 소외되어 딴 세상을 덧없이 표류하다 돌아온 것 같기도 했다.

　인터넷에서 찾은 뜻밖의 정보가 또 있었다. 그 당시 나는 딸이 공부하고 있는 지방도시의 원룸에 자주 찾아가 머물렀는데 가까운 곳에 오지호 화백 기념관이 있다는 사실을 뒤늦게 알게 된 것이다. 택시를 타고 어렵사리 찾은 기념관은 원룸으로부터 도보로 10분도 안 걸리는 동네 주택가에 있었다. 고향인 화순군 동복면에도 기념관이 있어 이곳에 전시된 작품은 많지 않았지만 생전의 작업과 생활의 흔적들이 조촐하게 보관되어 있었다. 미술학도인 외손녀가 기념관을 관리하고 있었고 기념관 뒤편에는 화백이 작고하기 전까지 거주했다는 초가집이 잘 보존되어 있었다. 82년도에 교통사고로 돌아가신 화백이 생전에 좌익으로 몰려 고초를 겪었던 사연도 외손녀로부터 들었다.

　그녀가 보여 준 화집에 수록된 오지호 화백의 그림들은 무척 아름답고 감동적이었다. 그러나 내 기억 속의 그림과는 화풍이 달랐고 짐작했던 대로 내가 찾는 그림은 보이지 않았다. 화백의 외손녀와 그림에 대한 이런저런 이야기를 나누던 도중 얽히고 토막 난 기억의 회로에 반짝, 불이 켜졌다. 오승우 화백! 내가 찾는 그림은 오지호 화백의 장남 오승우의 작품이었던 것이다. 큰 외숙부인 오승우 화백의 기념관이 목포에 있다고 친절한 미술학도가 커피를 뽑아 건네면서 알려주었다. 기억 상실증에서 깨어난 환자처럼 우두망찰하다가 오지호 화백의 그림이 실린 묵은 달력을 받아들고 기념관을 나섰다. 늦가을 오후의 햇살이 고즈넉한 기념관 마당에 주홍빛으로 물든 감나무 이파리들이 꽃잎처럼 지고 있었다.

　원룸에 돌아와 오승우 화백을 검색해 보니 과연 목포의 자연사박물관에 그의 작품관이 있었다. 박물관 홈페이지에 들어가 작품을 조회해 보았으나 불과 몇 작품 밖에 볼 수 없었다. 화풍으로 보아 내가 찾는 그림이 그의 작품임에 틀림없다는 확신, 그것이 소득이라면 소득이었다.

　전시 작품 도록을 구할 수 있는지 알고 싶다는 질문을 박물관 홈피에 올렸다. '2006년도에 소장 작품 도록이 발간되었으나 비매품이므로 담당 학예사와 상의해 달라'는 답변이 작품 목록과 함께 올라왔다. 제목을 훑어보고 <나룻배>와 <산촌>을 내가 찾는 그림으로 점찍었지만 정작 자연사박물관을 찾는 일은 차일피일 미루어졌다.

시간을 낼 수 없는 여러 이유들이 있었으나 그것은 핑계였다. 잃어버린 그림을 만날 수 있다는 설렘을 좀 더 오래 지니고 싶어서였을 것이다. 혹시라도 내가 찾는 그림이 없을까봐 두려워하는 마음이었다.

목포에 가지 못하는 대신 인터넷 명화 몰에 들어가 그림 감상을 했다. 달력이나 포스터로 인쇄된 명화 몇 점을 구입하기도 했지만 기대했던 것보다 화질이 떨어져 실망스러웠다. 모네와 고흐, 클림트의 그림들을 내려 받아 컴퓨터 배경화면으로 깔아 보니 어설픈 종이 복제화보다 오히려 색감이 좋았다. 내가 가장 좋아하는 샤갈의 그림을 내려 받을 수 없어서 아쉬웠지만 신사임당의 <초충도 연작>은 보면 볼수록 매혹적이었다. 사임당의 사실주의 그림도 샤갈의 초현실주의 그림 못지않게 신비스러웠다.

늦게 배운 도둑질 날 새는 줄 모른다더니 내가 그 모양이었다. 명화 감상 사이트를 이리저리 더듬고 다니다 소경 문고리 잡듯 예전에 알지 못했던 그림을 우연히 만나 빠져들기도 하고, 그 감동과 잔향을 못 잊어 다시 찾아보려다 길을 잃고 헤매기도 했다.

이렇게 딴전을 보던 어느 날, 주체할 수 없는 충동에 떠밀려 목포행 직행버스를 탔고 '오승우작품관'에서 잃어버린 그림 중 하나를 만났다. <나룻배>, 나도 함께 실려 하염없이 떠나가고 싶었던 나룻배 그림이 거기 있었다. 자연주의와 인상주의가 함께 느껴지는 그 작품은 목가적이고 평화로웠다. 원화로 보면 훨씬 더 감동적일 거라고 기대했었는데 같은 공간에 전시된 반추상의 강렬한 대형 그림들에 압도된 때문인지 그냥 평범했다. 가슴 뛰는 감동보다는 고향집에 온 것처럼 편안하고 담담했다. 그것이 이 작품의 미덕인 것 같기도 했다.
<산촌>은 내 짐작이 빗나가 전혀 다른 그림이었고 새롭게 내 눈길을 잡아끈 작품은 <귀로>였다. 눈길을 걸어 귀향하는 처녀의 빨간 목도리와 초록색 보따리가 하얀 눈보

다 더 쓸쓸해 보였다. 눈 쌓인 나뭇가지에 앉아 처녀를 맞이하는 까치 두 마리가 정겨운 <귀로> 앞에서 나는 한참 동안 서 있었다. 잃어버린 달력 그림 속 새참을 이고 가던 처녀의 과거 혹은 미래를 보는 듯 했다.

<산>과 <고 건축물 시리즈>를 거쳐 <십장생>에 도달한 노화백의 작품들을 오래오래 들여다보았다. 자연주의, 초현실주의, 인상파, 야수파를 두루 섭렵한 것 같은 화력이 느껴졌다. 내가 좋아하는 샤갈을 그도 좋아했을 것이라는 생각을 잠깐 했지만 언감생심 내가 무엇을 알겠는가. 보고 싶은 것만 보고 볼 수 있는 것만 볼 뿐인 것을…. 다만 여기 오기 전까지 다른 그림들을 기웃거리면서 머물렀던 공간과 시간이 오승우 화백 그림들을 제대로 만나기 위해 거쳐야 했던 여정이었음을 깨달을 수 있었다.

돌아오는 버스에서 오승우 화백 작품 도록을 천천히 넘겨본다. 나를 사로잡은 오승우 작품 특유의 색채와 명암의 신비. 그것은 작가의 삶의 내력, 승화된 상처의 힘이 아니었을까? 특별히 더 끌리는 그림 앞에서는 가만히 머물

기도 하다가 여전히 실종 상태인 나의 달력 그림을 생각
한다. 작품관에서 더 뛰어난 그림들을 원화로 만나고 돌아
오는 길인데도 여전히 잃어버린 나의 달력 그림이 그립다.
그 그림이 나에게 주는 치유의 힘 때문에 그토록 끌렸던
것임을, 그림을 다시 찾는다 해도 그 의미가 예전과 같지
는 않을 것임을 조금은 쓸쓸하게 깨닫는다.

　차창 밖엔 비 갠 뒤의 햇살이 청량하고 강물은 천천히
아주 천천히 흘러가고 있었다. 영산강, 노화백이 그린 <나
룻배>의 배경도 아마 저 영산강일 것이다. 그러나 80년대
에 그린 작품 속 그 풍경은 현실의 강이 아니라 노화백의
어릴 적 풍경이 화폭에 재현된 이상향이리라.

　멀어지는 강줄기를 망연히 바라보면서, 모든 것이 끊임
없이 흘러가며 되돌아오지 않는다는 생각을 했다. 눈물이
북받쳤으나 한편으로는 묘하게 마음이 놓이기도 했다.

몽골 초원의
마지막 밤

　　　　　　　　아무런 기대도 계획도 없이
그냥 떠난 여행이었다. 광활하고 아득한 몽골 고원, 고비의
사막과 초원을 하염없이 떠돌거나 하염없이 머물다 돌아왔
다. 키 작은 풀들이나 바람에 흔들릴 뿐인, 나무 한 그루 없
는 막막한 초원을 러시아산 낡은 차 푸르공을 타고 달렸다.
풀들이 바퀴에 깔릴 때마다 맵싸하면서도 상쾌한 향기가
진하게 피어올랐다. 끝이 보이지 않는 부추 밭이었다.

　차에서 내려 맨발로 풀밭을 걷노라면 바람에 실려 온 알
수 없는 향기들이 온몸을 어루만지며 감싸주었다. 치유의
힘을 지닌 수백 가지 허브 향이라 했다. 진분홍 패랭이꽃

과 노란 카모마일, 하얀 부추 꽃과 별꽃, 보랏빛 쑥부쟁이
와 라벤더…. 내가 이름을 불러 줄 수 있는 꽃은 많지 않
지만 이름은 아무래도 좋았다.

　홍그린엘스의 여행자 캠프. 달빛 별빛에 설레어 밤잠을
설쳤음에도 게르에서 맞이하는 첫 아침은 상쾌했다. 초원
의 맑은 공기와 투명한 햇살, 온몸에 스며든 허브의 효험
이라고 생각했다. 홍그린엘스는 모래 언덕이라는 뜻. 알타
이 산맥을 넘어오느라 지친 바람이 떨어뜨리고 간 모래알
이 쌓이고 쌓여 생긴 언덕이라고 한다.
　게르의 그늘에 앉아 빛과 구름 그림자의 움직임에 따라
시시각각 달라지는 자연의 경이로운 그림을 하염없이 바
라보았다. 동서로 길게 벋은 검푸른 산맥, 산맥 아래 모래
언덕이 서로 겹치고 어긋나면서 만들어내는 명암으로부터
눈을 뗄 수가 없었다. 오후에는 산맥과 모래 언덕 사이에
초원이 펼쳐지더니 어느덧 안개바다로 바뀌는 것을 보았
다. 고비사막의 신기루였다.
　날마다 새롭게 펼쳐지는 자연의 이벤트에 취해 꿈같은

시간을 보냈다. 내 생애 가장 크고 밝은 보름달을, 가장 굵고 영롱한 별빛을 보았다. 어두워질 때까지 서쪽을 향해 걷다 돌아왔고 해가 떠오를 때까지 동쪽을 향해 걷다 돌아왔다. 일몰에 홀려 서쪽으로, 서쪽으로, 하염없이 걷다 문득 발길을 돌릴 때 다시 한 번 되돌아본 지평선. 노을 스러지는 지평선 위로 드러난 여행자들의 실루엣은 어스름 속에서 더욱 아름다웠다.

몽골의 그랜드 캐니언이라는 바끄가자링 촐로. 늑대가 나타나는 위험 지역이라는 경고도 잊고 홀린 듯 여행자 캠프 울타리를 벗어나고 말았다. 커다란 햄버거를 겹겹이 쌓은 것 같은 붉은 바위에 올라 일몰을 지켜보았다. 붉은 장미와 노란 카모마일, 보랏빛 라벤더를 섞어 흩뿌린 것 같은 노을이었다. 그 노을을 등지고 협곡으로부터 한 무리의 양떼들이 느릿느릿 돌아오고 있었다. 이토록 고요하고 평화로운 지상의 한때가 나에게 주어지다니….

다시 돌아와 저 풍경과 시간 속에 머물 수 있을까? 터질 것 같은 환희와 먹먹한 슬픔에 사로잡혀 어두워질 때까지

거기 그렇게 앉아 있었다. 돌아가 감당해야 할 잡다한 의
무와 심드렁한 일상이 두려웠던 것일 게다. 그러나 나는
알고 있다. 돌아갈 곳이 있어 떠날 수 있었음을, 고달프고
구질구질하고 진부한 일상이 만들어 준 힘에 기대어 이 아
름답고 특별한 여행이 가능했음을….

　게르에 돌아와 촛불을 밝히고, 내가 비운 자리를 대신
채우고 일상의 짐을 묵묵히 견디고 있을 사람들을 향해 엽
서를 썼다. 고비에서의 마지막 밤이었다.

로마의 햇살,
피렌체의 바이올린

오후의 햇살이 투명한 로마. '산타마리아 인 코스메딘 성당' 옆 대리석 계단을 오르는 나에게 긴 생머리 아가씨가 상냥하게 인사를 건네 왔다.

"안녕하세요?"

구멍 뚫린 청바지에 헐렁한 후드 티 차림의 청순한 아가씨였다. 우리 말 인사가 너무 자연스러워 한국 아가씨인 줄 알았는데 차이니즈라 했다.

"니 하오?" 라고 답례하고는 '니 하오 온리'라고 얼른 덧붙였다. 내가 아는 중국어는 오로지 '니 하오'뿐이라는 엉터리 영어였다.

"안녕 온리."

그녀가 아는 한국말도 '안녕' 뿐이라는 대답이었다. 우리는 마주 보며 깔깔 웃었다. 한국 아줌마의 콩글리시와 중국 아가씨의 칭글리시(?)가 제대로 만났다.

로마에 오기 전 내가 지나온 '오르비에또'가 그녀의 다음 여정이라 했다. 발코니마다 새빨간 제라늄 꽃이 인상적이던, 거대한 바위산 속 작은 마을 '오르비에또'. 돌로 지은 성당과 옛집들, 화강암 깔린 골목길이 중세 모습 그대로 신비한 아름다움을 간직하고 있었다. 그러나 세계 최초 슬로우시티라는 그곳에서 나는 그다지 슬로우하지 못했다. 가이드 깃발 쫓아다녀야 하는 빡빡한 일정의 패키지 여행이었던 것이다. 봄비에 젖어 더욱 고즈넉했던 그 마을을 건성건성 기웃대다 피자 몇 쪽에 와인 한 잔 마시고 서둘러 떠나야 했다.

내 영어가 모자란 탓에 그 아쉬움을 제대로 전달할 수 없었던 것이 차라리 다행이었는지도 모른다. 값싸고 맛있는 '오르비에또'의 피자와 와인에 대하여 말해줄 수 있어

서 기뻤고 그곳에 오래 머물 수 있을 그녀의 시간과 젊음
이 부러웠다.

  성당 입구 왼쪽 벽에 붙어있는 진실의 입 앞에 서 있는
사람들의 긴 줄을 가리키며 그녀가 물었다. 당신도 저 입
속에 손을 넣어 봤냐고.
  "No!"
  "Why?"
  "Dislike stand in line! 줄 서는 거 싫어해!"
  쿡쿡 웃더니 자기도 안 했단다. 한 번뿐인 소중한 내 인
생, 언제 다시 찾아올지 모를 로마인데 오드리 헵번 흉내
나 내다 가긴 싫다고 했다(그녀의 칭글리시를 어쨌든 나는
그렇게 알아들었다.) 내가 하고 싶은 말을 그녀가 했다.

  그러나 '산타마리아 인 코스메딘 성당'만큼은 무척 아
름답다며 스마트 폰에 찍힌 성당 내부 사진을 보여 주었
다. 모자이크 장식의 대리석 바닥이며 나무 십자가에 매달
린 검은 예수님, 천정에 매달린 황금빛 향로와 프레스코

성화…. 지금까지 보아온 화려한 대성당과는 다른 조촐하면서도 독특한 아름다움이 있었다. 하마터면 놓치고 갈 뻔했다고, 고맙다고 했다.

아가씨와 작별하고 계단을 마저 올랐다. 영화 <로마의 휴일>에서 오드리 헵번과 그레고리 펙이 난동에 휘말려 연행된 경찰서라고 가이드가 알려 준 석조 건물이 로마 시내를 내려다보며 서 있었다. 60여 년 전에 제작된 영화의 장소들이 고스란히 남아 있지만 로마에서는 별로 감탄할 일이 못된다. 천년, 이천 년 넘은 유적들이 즐비하기 때문이다.

이곳을 찾는 관광객들 거의 영화 속 오드리 헵번의 발자취를 좇아 진실의 입에 손 넣어 보고, 트레비 분수에 동전 던지고, 스페인 광장스페인 대사관 앞 광장 계단에 앉아 아이스크림을 핥을 거라 생각하니 씁쓰름했다. 가이드는 '영화 주인공 되어 보기'라 했고 중국 아가씨는 '오드리 헵번 따라 하기'라 했다. 두 표현 사이의 간극이 아리송했지만 '주인공 되기'든 '따라하기'든 내 취향이 아닌 것만은 확실했다.

계단 꼭대기에 퍼질러 앉아 로마의 햇살을 즐기고 있는
데 가이드가 다가왔다. '스페인 광장계단에서 아이스크림
먹기'는 바닥에 들러붙는 아이스크림과 젤라또를 청소원
들이 감당하기 힘들다는 이유로 금지되었다고 했다. 트레
비 분수는 공사 중이라 동전을 못 던진다는 설명도 덧붙
였다. 그다지 서운하지 않았다. 동전 던질 생각은 애초부
터 없었고 아이스크림도 마찬가지였다. 로마에서 제일
맛있는 아이스크림 가게는 스페인 광장이 아닌 판테온
광장 근처에 있다고 아까 그 중국 아가씨가 알려 주었기
때문이다.

밖에서 본 판테온 신전은 이렇다 할 장식도 없이 화강암
으로 수수하게 지어진 돔 형식의 건축물이었다. 그러나 웅
장한 겉모습과 달리 섬세한 부조와 벽화로 장식된 내부는
아득한 우주를 재현한 듯 경이롭고 아름다웠다. 돔 한 가
운데 뚫린 구멍으로 쏟아지는 햇살이 황홀했다. 밤에는 달
빛이 어리거나 별자리가 펼쳐질 것이다.

중국 아가씨가 알려준 대로 신전 맞은 편 골목에 있는

카페 벤치venchi의 아이스크림 맛은 훌륭하였다. 딸기, 포
도, 바닐라, 코코아…. 진열장의 모든 아이스크림을 다 맛
보고 싶은 욕구를 가까스로 누르고 나에게 비교적 생소한
두 가지 맛을 주문했다. 체리 아이스크림의 새콤한 맛, 무
화과 아이스크림의 고소한 맛이 아직도 혀끝을 맴돈다. 한
컵에 2.5유로3000원, 비교적 저렴한 가격에 맛은 엄청나게
부드럽고 산뜻했다.

산타 마리아 델 피오레꽃의 성모 마리아 성당이라고도 하는
피렌체의 두오모 성당. 입구에서 거리까지 이어진 기나긴
줄을 바라보노라니 한숨이 절로 나왔다. 가이드한테 받은
빠듯한 시간을 저울질해 보다 거리 쪽으로 슬며시 발길을
돌렸다. 거대한 성당을 옆에 끼고 돌면서 슬렁슬렁 걷다가
옆 골목으로 들어가 사진 찍고 아이쇼핑도 하고….

그러다 문득 귀에 익은 선율에 이끌려 발길이 닿은 곳.
성당 뒤 쪽 공터에서 바이올린 켜는 거리의 악사를 만났
다. 연주 솜씨가 제법 괜찮은 것 같았으나 청중은 오로지
나 하나뿐이었다. 이탈리노와는 확연히 다른 외모 - 검은

눈과 검은 머리의 그는 아마도 집시일 듯싶었다. 시칠리아
의 장미, 헝가리 춤곡, 왓 어 원더풀 월드, 아베 마리아…
탱고와 재즈, 클래식을 넘나드는 선율이 과연 집시다웠다.
직접 녹음한 듯 얇고 조악한 케이스의 시디 음반 한 장을
10유로에 샀다. 돌아서는 등 뒤로 애절한 선율이 들려왔
다. 맨시니의 <집시의 바이올린>이었다.

수박 겉핥기 같아 아쉬웠던 이탈리아 여행을 마치고 돌
아와 시차로 인한 후유증을 겪고 있다. 피렌체에서 가져온
집시의 음악을 들으며 불면의 밤을 달래는 중이다. 제목을
해석하기 어려운 곡들이 많아 인터넷으로 검색해 보니 이
탈리아, 스페인, 루마니아, 헝가리 등 유럽 여러 나라의 언
어로 쓰인 곡명들이다. 역시 그는 집시였구나. 거리의 악
사, 약장수, 곡예사로 유럽 전역을 방랑하면서 구걸과 도
둑질로 살아간다는… 역사 이래로 무수히 학살당해왔으며
여전히 박해받고 있다는 비운의 집시족. 성당 참배를 빼먹
은 벌(?)인지 공교롭게도 음반의 <아베 마리아> 후반부에
에러가 났지만 10유로가 조금도 아깝지 않다.

로마에서 만난 중국 아가씨, 피렌체에서 만난 거리의 악
사, 부디 행복하기를….

행복한 삶을
누리는 당신

관람참배?을 마친 일행들이 철
조망을 배경으로 기념사진을 찍고 있었다. 탈출을 막기 위
해 고압전류가 흘렀었다는 아우슈비츠의 철조망. 나는 그
너머로 펼쳐진 하늘을 망연히 바라보았다. 대량학살의 현
장 아우슈비츠폴란드 명 오슈비엥침의 하늘과 구름은 무심히도
맑고 평화로웠다. 그러나 여기 갇혀 죽음보다 비참한 삶을
이어 가야 했던 사람들에게는 저 맑음과 평화로움이 오히
려 야속하고 암담했으리라.

내 맘대로 다닐 수 있는 자유여행이었다면 이곳에 오지
않았을 것이다. '대량학살'은 아우슈비츠 이전에도 이후에

도 있었고 아직도 세계 곳곳에서 자행되고 있다. 심지어 나치의 피해자였던 유대인들이 지금은 팔레스타인 사람들에게 가해자가 되었거늘, 이미 박제가 된 과거의 현장에서 울분과 비탄이라니…. 혼돈과 냉소를 방패삼아 내 마음은 한사코 아우슈비츠로부터 눈을 감거나 도망치려 하고 있었다.

　일행들 모두가 함께 우울하여, 아우슈비츠를 떠나 프라하로 향하는 버스 안은 침묵으로 가라앉아 무거웠다. 차창 밖으로 펼쳐지는 아름다운 시골 풍경조차 아프고 덧없어 차라리 눈을 감아 버렸다. 그러나 어둠 속에서 나를 바라보는 퀭한 시선이 있었다. 여남은 살이나 되었을까? 어린 소년이 더 어린 동생 둘의 손을 양손에 꼬옥 잡고 있다. 너무 가슴 아파서 차마 찍어 오지 못한 제1수용소의 사진 속 소년이다. 살았을까? 그 소년은 살아남았을까? 살아남았다 해도 결코 평온한 삶을 누리진 못했으리라.

　'잘 자거라, 아가야. 하늘나라에서 부디 편안하여라.'

　인사인지 주문인지 기도인지 모를 소리를 가슴으로 중얼거리면서 나는 문득 기시감을 느낀다. 씨랜드 수련원 참

사, 세월호의 비극, 구의역 사고…. 어린 생명들의 희생 앞
에 그때나 지금이나 비슷한 기도를 되풀이하면서 나는 믿
지도 않는 하느님과 하늘나라를 간절히 원하고 있는 것이
다. 스스로는 아무 것도 하지 않으면서…. 꾹꾹 눌러 삼켰
던 눈물이 치밀어 올랐다.

  핸드폰을 열어 아우슈비츠에서 찍은 희생자들의 유품사
진을 들여다본다. 엄청나게 쌓인 신발, 안경, 머리빗, 이름
과 주소가 새겨진 소지품 가방, 심지어 장애인들의 목발까
지 있다. 결국 외면하지도 도망치지도 못한 내 마음이 여
기 들어있다. 아니다. 외면하고 싶고 도망치고 싶은 내 마
음을 또 하나의 마음이 눈치 채고 나를 묶어 놓기 위해 찍
은 사진이다.
  그 옆에는 내 나라에서 담아 온 슬픈 사진이 있다. 구의
역 9-4 승강장에서 스크린 도어를 고치다 참변을 당한 19
세 소년 노동자의 작업 가방에 들어 있던 유품 사진이다.
작업 공구와 함께 있는 컵라면과 나무젓가락, 쇠숟가락이
가슴을 저민다. 타인인 내가 잊지 않으려는 다짐과 애도의

마음으로 핸드폰에 담은 사진을 소년의 부모는 가슴에 담았을 것이다.

"엄마, 직장생활은 원래 다 힘든 거지? 3개월 지나면 괜찮아지고, 1년 지나면 더 괜찮아지는 거지?"

소년이 생전에 했다는 이 말과 함께, 지우려 해도 평생 지우지 못할 것이다. 그리고 그 옆에 또 있다. 침몰하는 세월호에서 아이들이 남긴 마지막 동영상.

"나, 살고 싶어요, 진짜로… 나는 꿈이 있는데! 나는 살고 싶은데!"

맥락 없이 치닫는 상념에 불쑥 끼어들어 추궁하는 낮은 목소리가 들린다.

'그래서? 그래서 어쩌겠다는 것인가? 너는 지금 왜 여기 있는가, 그동안 무엇을 했는가, 앞으로 무엇을 할 수 있는가?'

머쓱해진 내 상념은 허둥지둥 숨을 곳을 찾다가 두서없이 떠오르는 시 한 자락에 걸려 넘어진다.

오늘도 저녁이면 따뜻한 집으로 돌아와/다정한 가족들과 맛있는 음식을 나누며/언제나 즐겁고 행복한 삶을 누리는 당신//하지만 바로 그 순간에도/행복이라는 말조차 모른 채 진흙탕 속을 뒹굴며/오직 빵 한 조각을 위해 싸우다가…

　　- 프리모 레비[1]의 시「이것이 인간인가」부분

그 다음 구절은… 잘 기억나지 않는다. 비겁한 내 기억이 너무 고통스러운 구절은 건너뛰는가 보다. 그러나 띄엄띄엄 떠오르는 몇 구절만으로도 충분히 부끄럽고 아프다.

생각해보라, 이것이 과연 인간인지…//… …//당신 스스로 깊이 깨닫는 사람이 되기를/… …/따뜻한 집에 있을 때든/ 혼자 길을 걸을 때든/잠자고 있을 때든, 깨어 있을 때든…

프라하에 거의 도착했다는 안내 방송이 들린다. 침울하게 가라앉았던 일행들은 어느새 활기를 찾아 짐을 챙기며 사뭇 들뜬 분위기이다. 그들은 오늘 밤 유람선을 타고 프라하의 야경을 즐길 것이다. 그 속에 나도 끼어 있을 터이다. 그러나 눈감아도 보이고 모르는 척 방관해도 뒤따라오

는 무언가가 내 안에 있다. 그것이 무엇이든, 덧없이 죽어
간 자들의 노래[2]이든 살아남은 자의 아픔[3]이든 뜨겁게 끌
어안고 돌아갈 것이다.

[1]　　　1919년 이탈리아 토리노에서 출생. 파시즘에 저항하는 레지
스탕스 운동과 빨치산 활동을 하다가 아우슈비츠 강제수용소로 끌
려감. 아우슈비츠에서의 처절한 경험과 사유를 바탕으로 『이것이
인간인가』『휴전』『주기율표』『익사한 자와 구조된 자』 등 회고록
출간. 아우슈비츠 경험과 동유럽 유태인 빨치산 투쟁을 그린 자전
적 장편소설 『지금이 아니면 언제?』로 '캄피엘로상'과 '비아레조문
학상' 수상. 시집 『살아남은 자의 아픔』은 이탈리아 최고의 시인에
게 주는 '존 플로리오상' 수상. 격렬한 고발 대신 '나치'라는 현상의
본질을 추적한 증언자로 높이 평가받았으나 1987년에 투신자살함.
[2~3]　　　프리모 레비의 시집 『살아남은 자의 아픔』에 수록된 시.

늦가을
잡목 숲에서

　　　　　　아침에 일어나 보니 풀잎마
다 하얀 보석가루가 뿌려져 가을 햇살 아래 반짝이고 있
다. 첫 서리가 내린 것이다. 절정을 뽐내고 있는 가을 단풍
들의 몰락이 머지않은 듯하다.

　무어라 표현하기 어려운 오묘한 색채의 향연이 펼쳐지
고 있는 앞산 잡목 숲을 오래도록 바라보았다. 가을철마
다 숱한 행락객을 불러들이는 명산의 화려한 빛깔과는 느
낌이 다른 수수한 황갈색 톤이다. 단풍나무가 주종을 이루
는 명산의 단풍 색깔이 찬란한 황홀과 설렘이라면 내가 사

는 삭산뜰 앞산 뒷산의 단풍 색깔은 차분하게 가라앉은 그
윽함이다. 참나무가 주종을 이루면서 오리나무, 벚나무 등
온갖 활엽수가 뒤섞인 잡목 숲이라서 그러할 것이다.

　같은 잡목 숲이지만, 가까운 뒷산보다는 호수 건너 편
앞산의 단풍이 훨씬 더 아름답다고 여겼었다. 그러나 어느
해 가을, 앞산에 올라보니 늘 산책하던 뒷산과 다르지 않
았다. 멀리서 바라볼 때 느꼈던 신비한 아름다움이 무너진
것이다. 평범하다고 여겼던 뒷산 또한 앞산 봉우리에 올라
멀찌감치 바라보니 앞산 못지않게 아름다웠다.

　멀리서 바라볼 때는 그윽하고 아름다웠으나 가까이 가
보면 평범해지는…. 그것이 비단 앞산 뒷산뿐이겠는가. 그
러나 그것이 다는 아니었다. 나무마다 다르고 잎사귀마다
다른 가을빛을 가까이에서 자세히 바라보았기 때문이다.
나무의 아래쪽보다는 위쪽, 안쪽보다는 바깥쪽의 나뭇잎
들이 먼저 물든다는 것을 알았으며 막연하게 오묘한 황갈
색이라고 뭉뚱그려 규정했던 빛깔들의 본색을 낱낱이 살
펴볼 수 있었다.

녹색에서 노란색으로, 다시 황금색이나 주홍색으로 바
뀌는 나뭇잎도 있고 황금색에서 갈색으로 바뀌는 나뭇잎
도 있었다. 다양한 빛깔의 잎들을 함께 매단나무도 있었고
그것은 물드는 속도가 잎사귀마다 다르기 때문에 가능한
일이었다. 잎사귀 하나에 녹색과 노란색, 노란색과 황금색,
황금색과 주홍색이 공존하고 더러는 이 모든 색깔이 함께
섞여 있기도 했다. 색이 같더라도 잎마다 명도와 채도가
제각각이어서 똑같은 잎은 하나도 없었다. 멀리서 바라볼
때 느꼈던 그윽한 아름다움의 실체는 결국 저마다 다른 빛
깔의 잎들이 섞여서 이루는 오묘한 조화였던 것이다. 아직
남아 있는 녹색 잎이 색색으로 물든 잎들의 아름다움을 더
욱 돋보이게 해 주던, 절정 직전의 잡목 숲은 다시금 평범
함을 뛰어넘어 감동적인 빛깔로 나를 물들이고 있었다.

한층 깊어진 가을 속을 걸어 뒷산에 올랐다. 숲 가장자
리 볕바른 비탈 쪽에 무리지어 서 있는, 절정의 가을빛으
로 아름답게 물든 활엽수들을 향하여 나는 다가갔다. 그중
한 그루의 나무가 자아내는 색조가 무척 독특하여 먼발치

에서부터 내 눈길을 잡아끌었기 때문이다.

　그러나 가까이 다가가 살펴본 그 나무에는 특별한 아름다움이 없었다. 화사하게 물든 옆 나무들과는 달리 병들어 퇴색한 잎들을 함께 매달고 있을 뿐이었다.

　가을바람에 떨어져 굴러온 낙엽 몇 장 주워 들고 숲을 떠나면서 한 번 더 뒤돌아보았다. 먼빛으로 바라본 그 나무, 다시금 독특한 아름다움을 뿜어내고 있었다. 병든 잎사귀가 화사한 단풍들과 어우러져 뿜어내는 가을 숲의 아우라 - 그 실체의 일부는 아픔, 결핍의 아픔이었다.

삶과 죽음,
부활의 삼중주

　　　　　'시아버지도 안 드리고 며느
리 혼자 먹는다.'는 가을아욱국이 생각나 텃밭에 나왔다.
쌀알만큼 작기는 해도 영락없이 무궁화를 닮은 분홍 빛 아
욱 꽃을 가만히 들여다본다.

　지난여름에는 아욱 몇 줌 뜯으려다 질겁했었다. 꽃핀 마
디마다 새까맣게 들러붙은 진딧물 때문이다. 벌레 꼬여드
는 것까지 무궁화를 닮았음에 안쓰러워하다가 아욱 포기
들 사이로 얼기설기 쳐 놓은 작은 거미줄들을 보았다. 아
욱에 달라붙은 진딧물 노리는 거미들의 생계수단이었다.

　인기척에 놀라 날아간 작은 새 한 마리가 앉아 있던 쥐

똥나무 울타리에도 거미줄이 있었다. 아욱 꽃에서 진딧물
과 거미를 거쳐 작은 새로 이어지는 먹이사슬 - 그중에서
진딧물만 골라 미워한 내 마음이 어리석고 편협한 감정임
을 깨닫지 않을 수 없었다. 보자기만 한 아욱 밭이 광대한
생태계로 다가오는 놀라운 경험이었다.

그 여름에 가까스로 살아남은 아욱 꽃의 씨앗을 뿌려 얻
은 가을 아욱이다. 가을 아욱은 여름 아욱에 비해 때깔이
훨씬 깨끗하고 맑을 뿐 아니라 벌레를 타지 않는다. 들깨,
상추, 쑥갓의 가을 이파리들도 그러하다. 푸성귀를 먹이삼
아 번성하던 여름 벌레들이 짝짓기를 마치고 이미 생애를
마감했기 때문일 것이다. 맑고 투명한 가을 햇살과 선선해
진 바람의 은덕이기도 하다.

파란 가을 하늘을 무대삼은 고추잠자리들의 붉은 군무
를 무심히 감상하다 문득 가슴이 서늘해진다. 황홀한 짝
짓기가 한창인 허공 아래 물푸레나무 가지 사이에 쳐 있
는 거미줄과 거기 걸려 있는 고추잠자리들 때문이다. 생명
을 가진 존재들의 운명이 대체로 그러함을, 창공을 누비며

신나게 춤추는 저 고추잠자리들의 생명도 얼마 남지 않았음을 생각한다. 우리네 인간들의 삶과 죽음도 저와 다르지 않다는 자각이 쓸쓸하면서도 묘하게 위안을 준다.

소중했던 사람들의 고난과 죽음 앞에서 안타깝고 아팠던 마음. 영영 돌아오지 못할 길을 떠나간 사람들에 대한 지워지지 않는 기억과 그리움. 혼자만 성하게 살아남아 존재의 기쁨을 누린다는 죄책감. 이 모든 슬픔을 쓰다듬어 주는 속삭임이 들리는 듯하다.

'슬퍼할 것 없다. 미안해할 것 없다. 너의 운명 또한 그들과 다를 바 없을지니…'

부추 잎 베어 낸 자리에 싱싱한 새 잎이 돋아나 바람에 흔들리고 있다. 가을 햇살이 아직은 이렇게 따사로우니 이파리 뜯어낸 아욱 줄기에도 곧 새 이파리가 돋아날 것이다. '마누라 내쫓고 먹는다.'고도 하는 가을아욱국을 한 번쯤은 더 끓일 수 있겠다.

볕 바른 곳에 아직도 새파랗게 남아 있는 가을 냉이와 민들레 몇 뿌리 캐어 잔디밭에 앉아 다듬는다. 얼마 전까지 여기 깃들어 살던 풀벌레들은 모두 어디로 간 것일까? 그들이 혼신을 다하여 남기고 떠났을 알들은 어디에 숨어 있는 걸까?

가을이 사뭇 깊어 풀벌레들의 세레나데는 사라졌지만 나는 가만히 마음의 귀를 기울여 듣는다. 이곳에 태어나 싸우고 사랑하며 존재하다 스러진 생명들과 새로 태어나 먹고 먹히며 살아갈 미지의 생명들이 함께 들려주는 삶과 죽음, 부활의 삼중주를….

돌아오지 않는 것들을
기다리며

　　　　　　　　　　　오래전부터 국화꽃 베개를 만들고 싶었다. 메밀껍질로 채운 속에 국화꽃 한 줌 들어 있는 그런 베개 말고, 잘 말린 국화꽃송이 한가득 품은 꽃 베개를 소망하였다. 국화꽃 피어나는 뜨락을 지니고 있는 나로서는 그다지 어려울 것 없는 소망이었다.

　삼베 헝겊으로 꽃 주머니를 지어 놓고 초가을부터 들뜬 마음으로 국화 향기 그윽한 뜨락을 서성였다. 그러나 해마다 때를 놓쳐 누렇게 시든 국화꽃 앞에 우두커니 서 있곤 했다. 국화꽃에 찾아드는 야생벌들 때문이었다. 식량을 찾아 잉잉거리며 몰려드는 작은 생명들 때문에 차마 꽃을 따지 못하고 우물쭈물 하다 보면 된서리 내리는 계절이었다.
고 녀석들은 하필 내 집 출입문 위에 저희들 집까지 지어
놓았다. 불안했지만 이미 완성된 보금자리를 차마 떼어낼
수 없으니 함께 살 수 밖에 없었다.

그러던 어느 해 '한라쑥부쟁이'라고 하는 야생국화를 한
포기 얻어 뒤뜰에 심게 되었다. 여름을 지나면서 '한라쑥
부쟁이'는 사방팔방으로 가지를 벋어 둥글게 자랐다. 가을
이 되자 보랏빛의 자잘한 꽃송이를 엄청나게 매달아 글자
그대로 꽃방석이었다. 시들기 전에 잘 갈무리하여 나의 고
질병인 건망증과 불면증 다스려 줄 국화꽃 베개를 만들고
싶었다. 그러나 늦가을에 핀 이 야생화 또한 나 못지않게
벌들이 사랑했기 때문에 결국 포기하고 말았다.

된서리 몇 차례 지나간 그 해 늦가을 저녁, 한라쑥부쟁
이 마른 꽃과 가지를 조심스레 거두어 모닥불에 태웠다.
벌들이 더 이상 찾아오지 않는 앞 뜨락의 마른 국화도 거
두어 함께 태웠다. 여름에 모깃불 피우고 남은 마른 쑥도
던져 넣었다. 마른 꽃 마른 풀 마지막 향기가 연기되어 올

라가는 밤하늘엔 별빛이 유난히 차갑고 영롱했다. 그해 가을 내 집 뒤뜰에서 마지막 꽃을 피우고 차가운 밤하늘로 올라간 한라쑥부쟁이는 땅 속 뿌리마저 고스러져 영영 돌아오지 않았다.

   그 많던 벌들이 모두 어디로 간 것일까?
   어느 해부턴가 벌들이 보이지 않는다. 출입문 위에 아슬아슬 매달려 있던 벌집도 어느덧 빈 집이 되었다. 벌들이 찾아오지 않으니 국화꽃을 따도 되련만 나는 이제 국화꽃 베개 대신 벌들을 소망한다. 하염없이 벌들을 기다리다가, 누렇게 시들어 버린 국화꽃 앞에서 상심하는 것이다. 그러고 보니 해마다 찾아오던 긴 꼬리제비나비 한 쌍도 어느 해부턴가 보이지 않는다. 그 흔하던 배추흰나비와 노랑나비도 눈에 잘 띄지 않는다.

   그러던 어느 날, 환경 다큐멘터리를 보고 알았다. 벌들은 어디로 간 것이 아니라 영영 사라져 버린 것이다. 최근 십여 년 사이 지구상의 벌들이 90퍼센트 이상 줄었다고 한다. 환경오염, 서식지 파괴, 바이러스, 살충제, 휴대폰 전자

파, 태양의 흑점으로 인한 자기장 혼란… 온갖 설이 분분하지만 정확한 이유는 아직 밝혀지지 않았다는 것이다. 식물의 교배를 돕는 벌들이 사라지면 결국 인류도 멸종하게될 것이라는 우울한 생태 보고서였다.

가을이 깊어가고 있다. 더 시들기 전에 국화꽃을 따서 말려야 한다. 그러나 나는 올 가을에도 꽃등에나 나방 류가 더러 찾아올 뿐인 꽃밭을 허우룩한 마음으로 서성이며 선뜻 꽃을 따지 못한다. 오지 않는, 올 수 없는 것들을 여전히 기다리고 있는 것이다.

제4부

눈에 갇히다

새 달력을
걸어 놓고

묵은 달력 떼어낸 자리에 새 달력을 걸었다. 첫 달인 1월을 가운데 두고 작년 12월과 금년 2월을 위 아래로 배치한 첫 장을 가만히 바라보았다.

과거와 현재, 미래를 한꺼번에 들여다보고 있으려니 공상과학 영화 <인터스텔라>의 한 장면이 떠오른다. 인류를 구하기 위해 우주로 떠난 주인공이 지구에 두고 온 어린 딸에게 신호를 보내기 위해 과거를 불러오려고 애쓰는 안타까운 장면이다. 그는 과거를 불러오지는 못 하지만, 4차원의 세계를 떠돌면서 얻은 인류 구원의 정보를 5차원 세계의 도움을 받아 과거 시점의 딸에게 보낸다. 상대성이론을 잘 알지 못하는 나에게도 꽤 공감이 가는 영화였다. 블랙홀이니 웜홀이니 하는 용어를 추상적 개념으로 어렴풋이 알고 있을 뿐인 나는 특별할 것도 없는 자신의 경험을 5차원 세계로 비약시키면서 영화를 감상했었다. 말하지 않아도 상대방의 간절한 마음이 나에게 전달되었다든지, 옛사람의 글이나 그림을 통해 나와는 시공간을 달리하는 그와 마음의 대화를 나누고, 만난 적 없는 이의 생애가 나의 삶에 끼친 영향이라든지….

번번이 파종시기를 놓치거나 헛짚는 초보였기에, 혹시나 텃밭농사에 도움이 될까하여 농협에서 농사달력을 얻어온 적이 있었다. 그러나 도움 대신 충격을 받았다. 기대했던 파종이나 수확 날짜 대신 그라목손, 레드, 옐로우 등 농약이나 색소 첨가제 투약 날짜로 가득한 달력이었던 것이다. 결국 다른 곳에서 얻어온 메모용 달력으로 손수 농사달력을 만들게 되었다.

달력을 한 장 한 장 넘기면서 절기에 맞춰 일 년 동안의 농사계획을 세워 본다. 눈이 녹아서 물이 된다는 우수는

완두콩 심는 날. 하늘이 맑고 오동나무 꽃이 핀다는 청명
은 열무와 파, 부추 씨앗 심는 날이다. 곡식을 깨우는 봄비
가 내린다는 곡우 무렵에는 옥수수와 호박 씨앗을 심는다.
여름이 시작되고 청개구리가 짝을 찾아 운다는 입하 무렵
에는 토마토와 고추모종을 심고 완두콩을 거둘 것이다. 일
년 중 낮이 가장 긴 하지는 고추밭 매거나 감자 캐는 날.
모기도 입이 비뚤어진다는 처서는 김장 무와 쑥갓 씨앗을
뿌리고 김장배추 모종을 심는 날. 풀잎에 하얀 이슬이 맺
힌다는 백로는 쪽파와 갓을 심는 날이다.

내년 1월을 마지막 장으로 하는 새 달력을 넘기며 농사
달력을 완성했다. 일 년 농사를 다 지은 것만 같고, 한 해를
미리 살아낸 듯하다. 두어 시간 만에 흘러간 일 년이다. 아
니다. 해묵은 농사달력과 농사일지를 뒤적이면서 지난 일
을 되돌아보고 회상에 잠겨 머물기도 했으니 더 오랜 세월
이 흘러간 셈이다.

다시 영화의 마지막 장면이 떠오른다. 주인공은 우주로
떠날 때의 약속을 지켜 딸 곁으로 돌아오지만 딸은 이미
아빠보다 더 늙어 죽음을 앞두고 있다. 까마득한 우주에서

의 한 시간이 지구에서는 7년이기 때문이다. 지구로부터 높이 올라갈수록 조금씩 시간이 빨라지므로 결코 터무니없는 상상이 아니다.

그러나 지구 밖으로 멀리 나가지 않고도 비슷한 현상을 경험할 수 있다. 젊은 나무꾼이 신선들의 바둑놀음을 잠깐 구경하고 마을로 돌아와 보니 백 년의 세월이 지났더라는 옛이야기가 있다. 허황한 이야기라고 할 수만은 없다. 같은 시간이 상황에 따라 실제보다 느리거나 빠르게 느껴지는 경험은 누구에게나 있을 것이다.

새 달력의 두 번째 장에는 1월, 2월, 3월, 세 번째 장에는 2월, 3월, 4월이 배치되어 있고, 마지막 장에는 11월, 12월, 내년 1월이 실려 있다. 과거, 현재, 미래가 겹치고 맞물리는 달력이다. 앞만 보고 허겁지겁 내달리지 말라는, 되돌아보고 머물기도 하면서 천천히 가라는 뜻으로 받아들이고 싶다. 현실에만 급급하지 말고 멀리 내다보면서 가라는 뜻도 있을 것이다.

하루하루를 여유롭고 충만하게, 나날이 새롭게 보내고자 하는 마음을 새 달력에 새겨 본다.

작은
창

        간밤에 무슨 일이 있었던 것
일까? 데크에 놓인 탁자가 쓰러져 있다. 바닥에 떨어진 찻
잔을 줍고 있는데 앞집 가을이 아빠가 와서 뜻밖의 이야기
를 전해 준다. 새벽에 고라니 한 마리가 산에서 내려왔다
고 한다. 가을이네 진돗개에게 쫓겨 우리 집 거실 쪽으로
돌진하려다 탁자를 들이받았다는 것이다. 거실 통창에 비
친 숲 그림자를 진짜 숲으로 착각하고 뛰어든 것 같다고
한다. 방향을 바꿔 뒷산으로 무사히 돌아갔으니 걱정하지
말란다.

    그러나 먹을 것 없는 겨울 산으로 허겁지겁 쫓겨간 고라

니 생각이 하루 종일 떠나지 않았다. 얼마나 놀랐을지, 다치지는 않았는지…. 새벽에 텃밭 나갔다가 건너편 기슭에서 맑고 순한 눈망울로 이쪽을 바라보고 서 있는 고라니를 본 적 있었다. 눈이 마주치자마자 날쌔게 뛰어 숲으로 사라지던 고라니. 산에서는 한 번도 만나지 못 했는데 도대체 어디에 숨어 사는 걸까? 아마도 배가 고파 먹이를 찾아 내려온 것일 텐데….

　넓은 창을 꺼리는 나에게 집짓는 이가 설득하기를, 안에서 내다볼 수는 있어도 밖에서는 안이 보이지 않는 특수한 유리창이라 하였다. 그러나 막상 창을 내고 보니, 밤이 되어 실내에 불을 켜면 낮과는 반대로 밖에서 안쪽이 훤히 들여다보이는 창이었다.

　어느 날 데크 바닥에 떨어져 죽은 날짐승의 사체를 거두면서 더 심각한 문제가 있음을 알았다. 새들이 유리창에 비치는 가짜 하늘과 숲을 향해 날아들다 부딪쳐 목숨을 잃기도 한다는 걸 미처 알지 못했다. 그 뒤로 통창이 죄스럽고 불안했으나 몇 년 전부터는 별일 없었기에 방심하고 있었다. 그런데 오늘은 고라니까지 뛰어들다니….

　무겁고 울적한 마음으로 거실 옆 작은 방에 들어가 누웠다. 액자 같은 쪽창에 하늘이 푸르고 구름 흐르고, 크고 작은 산봉우리들이 앞뒤로 겹쳐 사뭇 한 폭의 그림이다. 작은 쪽창 하나로도 저렇게 충분하거늘…. 자책하다가 문득, 더 작은 아주 작은 유리창이 생각났다. 창호지 문 가운데를 네모나게 도려내고 손바닥만한 유리조각 붙여 만든 외할머니 댁 그 작은 창을 무어라 불러야 하는지 모르겠다.

　그 조그만 창으로 넓은 마당과 외양간, 대문간과 지붕, 하늘과 구름까지 다 볼 수 있다는 게 무척이나 신기했었다. 창구멍으로 내다 볼 새로운 세상이 궁금하여 가슴 설레며 맞이하던 아침들을 기억한다. 먼동 틀 무렵의 서늘한 새벽빛, 싸리비 자욱 정갈한 마당에 떨어지던 봄 꽃잎과 가을 잎, 밤사이 쌓인 눈으로 하얗게 빛나던 세상. 작은 유리창을 통해 보았던 유년의 풍경들이다. 코스모스 꽃잎과 국화 잎사귀 품은 창호지 문으로 노란 아침햇살, 하얀 저녁달빛 스며들 때 황토벽에 어리는 꽃잎 그림자는 또 얼마나 신기하고 황홀했던가!

어릴 적 그 세상 잊지 못해 산자락 아래 둥지를 틀었으련만…. 작은 창 하나로도 충분했던 세계를 나는 어느 지점에서 상실하고 애꿎은 짐승들에게 위험한 통창을 갖게된 것일까. 허상에 홀려 무모한 돌진, 과연 짐승들만 그러할까? 인간 세상의 허상과 허위의식 뿌리치고 여기 들어와 자유롭게 산다고 믿었는데 이 또한 허상이 아닐는지….

눈에
갇히다

아침에 일어나 보니 딴 세상
이 되어 있다.

쓸쓸하던 잡목 숲과 빈 논도, 호수 위를 떠도는 수상가
옥 지붕들도, 하얀 눈에 덮여 낯설고 신비스럽다. 아직 얼
지 않은 호수만이 낡은 청동 빛으로 남아, 자칫 단조로울
뻔했던 그림을 풍치 있게 완성하고 있다. 12월을 '다른 세
상의 달'이라 했던 아메리카 인디언 체로키 부족을 생각하
게 되는 아침이다.

마른 고춧대와 김장 채소 뽑아낸 뒤 누추하고 을씨년스

럽던 텃밭도 하얀 눈에 뒤덮여 사뭇 정갈한 모습이다. 봄
부터 가을까지 온갖 생명들 품어 키우느라 고단하고 분주
했던 텃밭이다. 생산물들을 모두 떠나보내고 빈 가슴으로
남은 텃밭에게 겨울은, 햇솜을 두어 지은 깨끗한 옥양목
이불 같은 백설 이불을 덮어 주었다.

 저 눈 녹아 땅 속으로 스며들기도 하고 얼었다 풀리기도
하면서 나의 텃밭은 봄을 맞이하리라. 눈 녹은 물에 담근
볍씨로 파종하면 벼이삭이 실하고 수확량도 많다던데….
씨 뿌리기도 전에 빈 텃밭에 봄풀 먼저 돋아나는 이치를
알 것 같다.

 떨어진 매화 꽃잎 거두어 눈 녹은 물에 삶아 매죽을 끓
여 먹었다는 옛 선비들의 풍류가 문득 그립다. 눈은 녹아
도 다시 내리고 매화꽃도 해마다 피겠지만 오염된 대기는
옛날로 되돌아가기 어려울 터. 항아리에 백설을 받아 두었
다가 매죽을 끓이고 매화차 우려내 마셨다던 소박하면서
도 고고한 풍류를 나는 영영 누릴 수 없을 것이다.

 눈 속에 먹이를 잃은 작은 텃새들이 이른 아침부터 추녀

밑에 찾아와 기웃거린다. 곡식 알갱이 몇 줌 뿌려 주려고 창문을 열었더니 화들짝 놀라 날아가 버렸다. 잠시 그쳤던 눈발이 다시 날리다가 주춤하더니 눈송이 사이로 햇살이 비친다. 호수의 물비늘들이 금빛 화살 되어 수면 위로 통통 튀어 오르는 것을 바라보다가 벽난로에 장작불 피우고 찻주전자를 올렸다. 차 한 잔 마시는 사이 고 녀석들이 나 몰래 다녀갔나 보다. 방금 전까지 그대로 있었는데 언제 와서 쪼아 먹고 간 것일까? 추녀 밑에 뿌려 준 곡식들이 한 톨도 안 남았다.

어느덧 눈발 그치고 구름이 몰려오면서 햇살도 사라지고 누리 가득 하얀 침묵이다. 고요함 속으로 어디선가 철새들이 몰려와 눈밭이 된 빈 논을 헤치다가 순식간에 무리 지어 날아갔다. 잠시 후 다른 새들이 날아와 놀다가 다시 떼 지어 날아간다.

사람 자취 없던 언덕길로 누군가 걸어 내려오고 있다. 눈길을 걸어오는 모습이 낯익다. 눈에 갇힌 내 집을 찾아오기 위해 큰 길 어디쯤에 차를 버렸을, 그가 누구인지 먼빛으로도 알겠다. 눈이 내려서 아름답고 눈이 너무 많이 내려서 아름다움이 갇혀 버린 오늘. 닫힌 길을 열어 오랜만에 내 집을 찾아오는 귀한 손님이다.

불꽃 잦아드는 벽난로를 열어 장작개비를 더 얹어 준다. 타다닥, 불꽃이 환하게 일어나면서 참나무 향기가 거실을 채운다.

호수는 지금
동안거 중

한밤중 문득 깨어나 호수 쪽에서 들려오는 겨울의 숨소리를 듣는다. 소음과 분주함으로 번잡스러운 낮에는 잘 들리지 않던, 가까이 다가가도 들을 수 없었던 숨소리에 가만히 귀를 기울인다. 너무 멀어도 너무 가까워도 안 되는, 존재와 존재 사이의 적정 거리를 가늠해 본다.

호수 가까이 살면서 계절의 숨소리에 귀 기울이다 보니 얼음 어는 소리와 풀리는 소리를 구별할 수 있게 되었다. 얼음 어는 소리가 '괴잉~ 괴잉~'에서 '과앙~ 과앙~'으로 바뀌면 겨울이 깊어지고 봄이 가까워질수록 얼음 풀리는 소

리는 '저엉~ 저엉~'에서 '쩌엉~ 쩌엉~'으로 옥타브를 높인
다. 그러나 추웠다 풀렸다 하면서 겨울이 깊어지고 봄 또
한 풀렸다 추웠다 하면서 찾아오는 것. 호수의 얼음도 얼
었다 녹았다 되풀이하면서 두꺼워지고 봄 날씨 따라 녹았
다 얼었다 하다가 결국은 풀리는 것이다. 얼음 어는 소리
가 갑자기 높아지면 날씨가 추워진다는 신호이고 날씨가
갑자기 풀리거나 일교차가 심할 때는 얼음 갈라지는 소리
가 깨지듯 날카롭다.

　겨울이 깊어지면서 호수의 물빛도 늙어가는 수도자의
눈빛처럼 깊어지더니 어느덧 두꺼운 얼음으로 장막을 치
고 모든 풍경들을 거부하며 제 안으로 깊이깊이 들어가 버
렸다. 겨울 호수의 깊은 마음을 나는 감히 헤아리지 못한
다. 1월을 '마음 깊은 곳에 머무는 달'이라고 불렀던 아메
리카 인디언 아리카라 부족들은 호수를 잘 아는 사람들이
었다고 생각할 따름이다.

　꽁꽁 얼어버린 호수 언저리를 맴돌다 돌아와 매실차를
마신다. 매실액 담은 유리잔에 따뜻한 물을 붓고 지난봄

에 따서 얼려 둔 매화 몇 송이 띄우니, 꽃잎들이 하르르 피어난다. 찻잔 속의 묵은 봄을 물끄러미 바라보고 있노라니 얼었던 내 심신도 나른하게 풀린다.

호수에 산 그림자 꽃 그림자 어리어 아름답던 봄날이 있었다. 산수유, 목련꽃 피어 물그림자로 어리던 봄날 호수의 기억이 지금은 꿈인 듯 아득하기만 하다. 여름 호수는 밤이 더 아름다웠다. 건너 편 솔숲 위로 달이 떠오르면 호수에 비친 달빛이 일렁일렁, 황금빛 길을 내어 나에게로 오던 여름밤이 있었다.

지난 늦여름의 새벽 산책길. 물가에 피어난 작은 풀꽃에 마음을 빼앗긴 나는 그 풀포기의 신비한 아름다움을 나만의 언어로 온전히 표현하고 싶었다. 완성되지 않는 시 한 자락을 부여잡고 끌탕하다 지친 어느 날. 시시각각으로 변하는 물빛을 하염없이 바라보고 있는 나에게 호수가 말을 걸어왔다.

'그대로 두어라. 저들의 아름다움을 빌려 네 오죽잖은 자아를 치장하려는 부질없는 욕망을 버려라. 그 어떤 절창

으로도 저들의 신비와 아름다움을 온전히 읊을 수 없음이
니….'

아마도 내 마음의 소리를 호수가 받아서 되돌려 준 것이
었으리라.

그윽하게 물든 잡목 숲이 비취빛 호수에 잠겨 딴 세상처
럼 황홀하던 가을 호수의 풍경화도 있었으나 지금은 볼 수
없다. 그림자를 잃어버린 겨울 호수를 보면서 나는 생각한
다. 호수를 사랑했고 호수를 잘 안다고 믿었지만 내가 사
랑한 건 호수에 비친 그림자였을지도 모른다고….

호수는 지금 동안거 중이다.

얼음이
풀릴 무렵

잠결에 얼음 갈라지는 소리 들리더니 새벽 호수에 물안개 자우룩하다. 일교차 심할수록 얼음 풀리는 소리 청량하고, 물안개 더욱 짙은 법이니 오늘은 제법 따뜻하겠다.

돌담장 아래 눈 녹아 촉촉해진 땅에 맑은 두견주 빛 햇볕이 고여 풀포기들을 어루만지고 있다. 한낮에 잠시 머물다 가는 햇볕 한 줌에 기대어 철없이 돋아난, 여린 풀포기를 들여다보는 마음에 근심이 스친다. 늦추위와 꽃샘잎샘 견디어내고 무사히 봄을 맞이할 수 있을지….

봄소식 궁금하여 아침산책을 서두른다. 빈 논에서 나락

뒤지던 철새들이 떼 지어 날아올라 호수 쪽으로 돌아간다. 머지않아 돌아갈 손님에 대한 마음인 듯 호수는 얼었던 가슴 한 자락을 풀어 철새들을 노닐게 하고 있다.

 묵은 가랑잎 이불 삼아 늦잠 자고 있는 어린 봄풀들을 엿보고 돌아오다 돌담장 한 귀퉁이가 무너진 것을 보았다. 태풍에도 끄떡없던 돌담이 호수의 얼음 풀릴 무렵이면 덩달아 풀어진다. 때맞춰 봄비라도 내리면 담장 밑 언 땅까지 시나브로 풀어져 돌담을 주저앉히곤 한다.

 무너져 내린 돌덩이들을 추슬러 돌담을 다시 쌓는다. 길쭉한 돌 위에는 짧은 돌, 두터운 쪽에는 얇은 쪽을 맞대어 쌓고 기우뚱한 곳은 잔돌로 고여 준다. 작은 돌도 원래는 거대한 바윗덩어리였음을, 크고 단단한 돌도 언젠가는 부스러기가 될 것임을 생각한다. 사람의 일도 대체로 이와 같을 것이다.

 돌과 돌 사이 빈틈은 내버려둔다. 태풍에게 길을 내어줄 바람구멍이다. 태풍에도 끄떡없으나 고임돌 하나만 빼내어도 와르르 무너질 담장의 사연은 돌담을 쌓은 사람만 아는 비밀이다. 삶이 지질하다 느껴질 때, 내 몫의 인생이 부스러기처럼 여겨질 때, 돌담이 나에게 말을 걸어올 것이다. 위대하다, 거룩하다, 일컬어지는 빛나는 이름들 뒤에 숨은 무명씨들의 숭고한 아름다움에 대하여….

오래 전 인도여행의 기억 한 조각을 꺼내어 돌담에 새겨 본다. 간디의 후계자이며 '바가다드 기타'로 유명한 '비노바 바베'의 기념관에서 받았던 감동이 새삼 떠오른다. '비노바 바베'의 생애와 업적 뿐 아니라 그를 도와준 인물들까지 사진과 함께 소개되어 있었다. 한 사람의 위대한 생애 뒤에는 그를 온전히 믿고 따르며 받쳐 준 사람들이 있었음을 깨우쳐 주는 기념관이었다. 우리가 누군가를 존경한다는 것은 그와 함께한 이름 없는 존재들까지 아우르는 것이어야 함을 생각하게 되었다.

벗이 찾아온다는 기별에 돌담 쌓기를 서둘러 마무리하고 벽난로에 불을 지핀다. 이 또한 돌담 쌓는 일과 다르지 않아서 굵은 장작만으로는 어렵다. 삭정이와 장작 부스러기를 불쏘시개 삼아야만 장작불이 활활 타오를 수 있는 것이다.

　오랜만에 만나는 벗과 무슨 이야기를 나눌까? 비뚜름한 곳 받쳐 주는 고임돌이나 장작불 지피는 불쏘시개로 살아가는 나날을 이야기하며 함께 웃을 것이다. 밑 빠진 독에 물 붓기처럼 끝이 없는 일상의 의무들과 더 늙고 더 작아져야만 비로소 자유로워질 우리의 미래에 대하여 이야기할 것이다.

행복하냐고
묻는다면

시골에 터 잡아 집짓고 사노라니 사람들이 찾아와 묻는다.

"불편할 것 같은데 괜찮나요?"

"무섭지 않아요?"

"심심하지는 않고요?"

온갖 생명들이 깃들어 있어 그들의 몸짓과 소리로 가득하거늘 어찌 무섭거나 심심하겠는가? 이렇게 대답하려다 말하기 쑥스러워 그냥 웃고 말았다. 불편할 것 같으면 애당초 여길 택했겠느냐는 말도 너무 까칠한 대꾸인 것 같아 삼켜 버렸다. 그 질문들은 나보다는 그들 자신에게 던져야

하는 것이기도 하다. 나의 불편함과 무서움, 심심함에 대한 걱정이라기보다 그들 자신이 이런 곳에 산다면 불편하거나 무섭거나 심심하지 않을까? 라는 생각이 질문의 본질일 것이다.

더러는 '행복하냐?'고 묻기도 한다. '여기 잠시 머물며 삶을 견딜 뿐 어찌 감히 행복을 바라겠느냐'는 대답도 지그시 눌러 가라앉힌다. 그가 알고 싶은 것 또한 나의 안부가 아니라 자신도 이런 곳에서 살면 혹시 행복해질까 싶은 궁금증일 것이기 때문이다. '나는 행복 따위 추구하지 않습니다.'라는 과격한 속마음은 감추고 그냥 웃을 수밖에….

자연을 벗 삼아 텃밭이나 가꾸며 살고 있으니 얼마나 한갓지고 평화스럽냐고 부러워하는 시선도 있고 교통 불편하고 편의시설 없는 시골구석에서 어떻게 사느냐고 걱정하는 사람도 있다. 그들의 취향과 관점일 뿐 어느 것도 정답이 아니다. 정답을 찾아 헤매던 날들이 나에게도 물론 있었다. 정답을 찾지는 못했지만 인생에 정답이란 없다는 생각을 하게 되었으니 전혀 쓸모없는 방황은 아니었나 보다.

지난겨울, 여행에서 돌아와 보니 땅에 묻어 놓은 동치미와 백김치 항아리 윗물이 꽁꽁 얼어 있었다. 아무리 혹한이어도 김치 꺼내는 손길이 하루에 한두 번만 드나들면 얼지 않는데 여행이 너무 길었던가 보다. 날이 풀리고 얼음도 풀려 김치를 꺼냈으나 얼음 밑에서 이미 시어버린 뒤였다.

요즘은 시골에서도 김치냉장고에 김장김치를 보관하는 추세이나 나는 줄곧 항아리를 고집해 왔다. 아무리 성능 좋은 김치냉장고라 해도 땅속 항아리에 저장한 김치의 싱싱한 맛을 따라가지는 못하기 때문이다. 그러나 항아리에서 갓 꺼내 온 김치의 톡 쏘는 맛과 상큼한 향기를 놓치지 않으려면 끼니때마다 먹을 만큼만 꺼내 와야만 한다. 남은 김치를 냉장고에 맡겨 놓았다가 다음 끼니때 꺼내면 이미 그 맛이 아니다. 따뜻한 실내에서 가벼운 옷차림으로 있다가 옷을 겹겹이 껴입고 뒤꼍으로 나가야 하니 귀찮고 번거롭기도 하다. 늘 일정한 온도를 유지하는 냉장고와 달리

자칫하면 얼거나 시어 터질 수도 있다.

　마음과는 달리 몸은 이미 문명의 편리함에 길들여져 있으니 게으른 사람에게 시골생활이란 과욕이 아닐까 싶기도 하다. 차일피일 미루다 청명 곡우 다 지난 다음에야 겨우 김칫독을 부셨다. 올 김장은 김치냉장고에 담글지 항아리에 담글지 궁리하는 중이다. 냉장고와 항아리에 반반씩 나눠서 저장하는 것도 괜찮을 것 같다. 이 문제 또한 정답이 없다.

잘 알지도
못하면서

'365 자동화기기'에 통장을 넣으려다 앙칼진 고함소리에 놀라 뒤돌아보았다. 긴 머리를 틀어 올린 키 큰 여자가 출입구 쪽을 향해 마구 욕을 퍼붓고 있었다.

'쳐다보긴 XX, 내가 당신을 뭣 하러 쳐다 봐! 이런 X같은 XX….'

욕설에 떠밀리듯 허둥지둥 출입문을 밀고 나가는 왜소한 여자의 뒷모습이 얼핏 보였다. 나가는 여자와 들어오는 여자의 시선이 얽히면서 내가 들어오기 전에 시비가 벌어진 듯했다. 분이 안 풀린 듯, 키 큰 여자는 사라진 여자를

향하여 계속 소리를 질렀다. 영문 모를 살벌함에 당황한
나는 자동화기기의 버튼을 자꾸만 헛짚었다.

집으로 돌아오는 길, 내 표정이 무거워 보였나 보다. 잠
자코 운전만 하던 남편이 무슨 일 있었냐고 묻는다. 은행
에서 있었던 일을 들려줬더니, 은행 앞길에서 덩치 큰 여
자가 작은 여자의 멱살을 잡는 걸 보았다고 한다. 여자들
싸움에 끼어들기 무엇해서 그냥 지나왔다는 것이다. 아까
내가 본 장면으로 사태가 끝난 게 아니었음이 놀라웠다.
멱살 잡힌 여자의 얼굴에 심한 흉터가 있더라는 말을 듣고
비로소 시비의 연유와 곡절을 짐작했다. 힐끔힐끔 쳐다보
는 눈길도 흠칫 외면하는 눈길도 타인의 멀쩡한 얼굴까지
도 그 여자에게는 모두 상처였으리라. 그러나 '왜 쳐다보
냐?'고 시비를 걸고 울부짖은들 마음 속 응어리가 풀리겠
는가. 그럴수록 마음 속 상처는 한층 더 깊어졌으리라. 더
구나 오늘은 화풀이 상대를 잘못 만나 역습을 당했다.

거칠고 사나워 보였던 키 큰 여자의 고함소리가 귓전
에 되살아났다. 쳐다보지 않았다고 부드럽게 말하거나 못

들은 척 비켜갈 수도 있었으련만…. 그러나 잘 알지도 못
하면서 나 혼자 하는 생각이다. 타인의 상처 따위 아랑곳
할 여유가 없었을 그녀의 사정을 내가 어찌 헤아릴 수 있
으랴. 모르는 사람끼리 잘못 만나 벌어진 씁쓰레한 소동을
우연히 목격했을 뿐이다. 그것을 무심히 지나치지 못하고
곰곰 되새기고 있는 내 예민함과 오지랖은 또 무엇인가?

두 여자의 마음 속 지옥을 생각하고 있는 나에게, 잠시
침묵하던 남편이 불쑥 꺼내는 말이 엉뚱했다. 차라리 잘
됐다고, 오늘처럼 호되게 당해 봐야 애꿎은 타인에게 화
풀이하는 버릇 고치지 않겠느냐고 한다. 말리지 않고 그냥
온 것이 후회된다며 작은 여자의 일그러진 얼굴이 생각나
마음이 안 좋다더니 갑자기 그 말을 뒤집어 버렸다. 진심
이 아닐 것이다. 답답하고 안타까운 마음을 그렇게 반어법
으로 표현하는 것이리라.

살아오면서 만난 사람들을, 그들과 나의 상처를 생각해
본다. 타인의 아픔은 보려 하지 않고 나만 아프다고 징징
대는 사람도 만났고 자신의 아픔을 묵묵히 짊어지고 가는

사람도 만났다. 자신의 상처를 과장하여 팔거나 이용하는 사람이 있는가 하면 상처를 애써 숨기고 부정하면서 속으로 피를 흘리거나 곪는 사람도 있었다. 자기 상처에 손톱을 세워 타인을 할퀴는 사람도 겪어 보았고 상처의 힘으로 타인의 상처를 끌어안는 사람도 보았다. 상처에서 돋아난 날개를 파닥여 높이 날아오르는 사람도 더러는 있었다.

내가 본 것이 전부는 아닐 것이다. 묵묵히 짊어지고 가다가도 어느 순간 울컥하여 남몰래 울기도 하고 잠시 잊거나 내려놓고 누리는 유쾌한 시간도 있을 터이다. 상처 따위 극복했다고 착각하면서 자신도 모르게 타인을 할퀴는가 하면 어떤 상황에서는 타인의 상처를 끌어안아 토닥이기도 하면서 그렇게들 살아가는 것이리라. 나 또한 그러할 것이다.

빨간
스웨터

겨우살이 준비하러 시내에 나왔다 돌아가는 길이었다.

상가와 주택가를 잇는 골목길을 걷다가 문득 발길이 멎었다. 주택 아래채를 개조하여 길 쪽으로 유리창을 낸 작은 가게 앞이었다. 요즘 보기 드문 털실가게가 추억 속 한 장면처럼 거기 있었던 것이다. 아! 빨간 스웨터…. 색색의 꼬마전구 불빛을 받으며 쇼윈도에 걸려 있는 빨간 스웨터를 보는 순간 내 기억의 회로에도 반짝, 불이 켜졌다.

초등학교 육학년 때 짝꿍이었던 선희. 새침하고 내성적

이었지만 나에게만은 무엇이든 양보하고 챙겨 주는 착한 동무였다. 새침하고 붙임성 없기론 내가 더하였으나 우리가 좋은 짝꿍으로 지낼 수 있었던 건 너그럽고 잔정 많은 선희 덕택이었을 것이다. 사소한 일로 가끔 다투기도 했지만 늘 선희가 먼저 마음을 열어 화해하곤 했다. 부모님이 북한에서 넘어온 실향민이며 남동생과 이복 오빠가 있다는 얘기도 들려줬었다.

어느 날 선희 앞으로 소포가 왔다. 군대 간 오빠가 학교로 보낸 소포였다. 종이상자를 열자 곱게 포장된 선물 꾸러미 위에 예쁜 크리스마스 카드가 놓여 있었다. 환하게 밝아진 선희가 나에게 카드를 보여 주었다. '보고 싶은 내 동생 선희에게'로 시작해서 '어머니 말씀 잘 듣고 동생 잘 돌보고 공부 잘 하기 바란다.'로 끝나는 평범한 사연이었다. 그런데, 왜 그랬을까? 선희가 펼쳐든 앙증맞게 예쁜 빨간 스웨터를 본 순간 얄궂은 한마디가 내 입에서 흘러나온 것이다.

"너, 공부… 잘 해?"

순간 선희의 얼굴이 핼쑥해지면서 굳었다. 눈물 글썽해

지는 선희를 보고 아차! 했지만 이미 엎질러진 물이었다. 큰 소리로 다투진 않았지만 새침한 둘 사이엔 냉기류가 흘렀다. 후회했지만, 무엇 때문에 내 심사가 꼬였는지 스스로도 알 수 없어 사과하지 못했다. 미안함보다는 당혹스러움과 부끄러움이 더 컸을 것이다.(아마도 생애 처음이었을, 또래들에 비해 턱없이 늦게 찾아온 부러움 혹은 시샘이라는 낯선 감정을 스스로 이해하지 못해 혼란에 빠졌던 것임을 세월이 많이 흐른 다음에야 깨달았다.)

둘 사이에 서먹하고 어색한 침묵의 날들이 흘러갔다. 운동장에서 다른 아이들과 놀고 있다가도 먼빛으로 나를 바라보는 선희가 느껴져서 놀이에 집중이 되지 않았다. 선희는 내가 그토록 부러워했던 빨간 스웨터를 입고 있었지만 스웨터 주머니에 양 손을 찌른 모습이 왠지 춥고 쓸쓸하게만 보였다. 화해하고 싶은 마음이 읽혔고 내 마음도 그러했지만, 혼란한 마음이 정리되지 않은 나는 짐짓 모른 체했다. 유난히 추운 겨울이었고 졸업이 다가오고 있었다.

20대 무렵의 어느 날, 초등학교 졸업이후 소식이 끊겼던 선희를 시내에서 우연히 만났다. 가게들이 즐비한 중심가를 지나가고 있을 때 어떤 여자가 양장점 유리문을 열고 나오더니 내 이름을 불렀다. 몰라보게 예뻐지고 세련된 모습의 선희였다. 사과하지 못하였기에 나에게 부끄러움으로 남아있는 빨간 스웨터 사건을 선희는 다 잊은 듯 했고 무척이나 반가워했다.

오빠가 사는 속초에서 여고 다니다 중퇴한 뒤 양재 기술을 익히고 돌아와 양장점을 열었다고 했다. 살아온 이야기를 주고받던 끝에 선희가 내 오빠 친구의 약혼녀가 되었다는 사실도 알게 되었다. 편지를 쓸 때마다 글씨의 모양과 내용이 스스로의 마음에 들 때까지 편지지를 수십 장 버리면서 밤새워 쓴다고, 자존심인지 열등감인지 잘 모르겠다고 선희는 약간 서글픈 표정으로 말했다. 나는 '상대방에 대한 순정과 존중이 아닐까?'라는 생각을 했지만 입 밖으로 선뜻 내놓지는 못했다. 살아온 내력을 잠자코 듣는 가슴속으로 무어라 표현하기 어려운 먹먹한 감정들이 흘러갔다.

선희는 화장기 없는 내 얼굴과 초등학교 교사라는 평범

한 직업을 좋아했고 '내가 절대로 가질 수 없는 때 묻지 않은 세계가 너한테 있다.'며 쓸쓸해하였다. 그러나 선희야말로 파란곡절에도 불구하고 찌들지 않은 꿈과 나에게는 없는 순정을 지니고 있었다. 그 꿈과 순정이 오히려 그 애를 부숴버릴 것 같은 막연한 예감이 나를 불안하고 슬프게 했다.

그 무렵 또 한 명의 초등학교 친구가 서울 생활을 접고 내려와 시내에 음반 가게를 냈다고 연락이 왔다. 퇴근 뒤에 종종 그 가게에서 선희를 만나 함께 음악을 듣곤 했다. 털실로 짠 스웨터며 손수 만든 헝겊가방, 그 안에 들어 있는 책 - 내가 지닌 보잘 것 없는 것들에 감탄하는 선희에게는 사소한 것에서도 의미를 찾고 평범한 것도 특별하게 보아주는 아름다운 심성이 있었다. 그러나 그 애가 잊은 빨간 스웨터 사건을 새삼 사과할 수도 없는 내 마음 한 구석엔 늘 미안함이 있었다. 음악과 함께 하는 우정의 시간은 빠르게 흘러갔고 안정되는 듯 했던 선희의 삶은 남동생이 관련된 사건으로 인해 다시 소용돌이에 빠져들었다.

한동안 만나지 못했던 어느 날 선희로부터 편지 한 통이

날아왔다. '그동안 고마웠고 잊지 않겠다. 멀리 떠난다.'는
사연이었다. 오빠 친구와 선희, 살아온 환경과 조건이 달
랐던 두 연인이 결국 헤어졌다는 사실을 한참 뒤에 알았고
선희로부터는 소식이 끊겼다.

　다시 긴 세월이 흘렀고 그 세월의 한 지점에서 선희와
잠시 해후했었다. 40대 무렵의 초등학교 동창회였다고 기
억한다. 수군수군, 친구들의 비난과 눈총이 선희를 향하고
있었다. 담배 피우는 선희를 위한 몇 마디가 부질없어지자
나는 그 애 옆으로 가서 앉았다. 잠자코 선희의 담배 갑에
서 한 개비 빼어내 담배 연기를 함께 내뿜었다. 이번에는
동창들의 질타가 나에게 쏟아졌다. 아무데서나 자유롭게
담배를 피울 수 있었지만 여성의 흡연은 백안시되던 시절
이었다.

　알음알음으로 선희의 연락처를 수소문하고 있는 중이
다. 만나서 꼭 들려주고 싶은 말이 있다. 카드도 아니고 빨
간 스웨터도 아니었다. 카드와 스웨터를 보내 준 오빠가
나는 무척이나 부러웠던 것이라고, 나에게도 오빠가 있었

지만 너희 남매 같은 그런 애틋한 우애를 갖지 못했기에 철없는 마음이 심통을 부렸던 것이라고….

상처와 결핍 속에서 피어나는 꽃처럼, 고단하고 아픈 삶 속에서 우애가 더욱 애틋하고 절실해질 수밖에 없다는 것을 그때는 철이 없어 몰랐노라고, 인간사의 파란곡절을 통과한 지금에서야 겨우 헤아리게 되었다는 말도 할 수 있었으면 좋겠다. 그리고 또 있다. 선희에게도 내가 가질 수 없는 어떤 세계가 있다는 것, 다른 사람은 몰라도 나만은 아는 맑고 순정한 아름다움이 젊은 날의 그녀에게 있었다는 것을 꼭 알려주고 싶다.

제5부

그 길을 걷지 못한다

마지막
열흘

　　　　　상조회에서 나온 장례관리
사가 엄마의 생년월일을 확인하러 왔다. 오빠와 나는 선뜻
대답을 못하고 서로 얼굴을 바라보았다.

"1922년, 음력 4월 6일?"

자신 없는 내 대답에 고개를 갸웃거리던 오빠가 올케를
불렀다. 엄마 생신일은 아버지 생신일인 사월 초파일보다
하루 앞선 음력 4월 7일이었다. 하루 뒤인 아버지 생신에
합쳐 지내다 보니 날짜조차 희미해진 엄마의 생신이었다.
평생 아버지의 그림자로 살아온 엄마를 돌아가신 뒤에 새
삼 확인하는 마음에 회한이 서렸다.

위독하다는 연락을 받고 친정집으로 달려갔을 때 엄마
는 이미 곡기를 끊고 깊은 잠에 빠진 뒤였다. 엄마의 마지
막을 함께 지킨 그 열흘 동안 아버지와 나는 지난 60년보
다 더 많은 이야기를 나누었다. 엄마와의 지난 세월을 말
씀하시면서 아버지는 울었고 그건 내가 처음 보는 아버지
의 눈물이었다. 아버지는 당신의 스승이면서 엄마의 스승
이기도 했던 분의 중매로 두 분이 결혼하게 된 사연을 들
려주셨다. 나는 엄마한테 들었던 다른 이야기를 덧붙였다.

"상급학교에 진학할 수 있도록 도와달라는 편지를 엄마
가 은사님께 보냈답니다. 그런데 그 분이 진학을 도와주는
대신 아버지한테 중매를 섰다면서요?"

공부를 더 하고 싶었던 엄마의 소망에 대하여 아버지는
뜻밖에도 처음 듣는다고 하셨다. 아버지가 미처 알지 못하
는 엄마의 꿈과 인생에 대하여 나는 할 말이 많았으나 더
는 말하지 않았다. 아버지의 엄마에 대한 사랑이 아내의
꿈에 대한 깊은 관심까지는 아니라는 걸 나는 모르지 않
았다. 어차피 내가 모르는 엄마의 인생이 더 있을 것이기

도 했다. 대신 장예모 감독의 영화 <집으로 가는 길>에 대
해 말했다. 그 영화의 여주인공처럼 엄마도 교육자인 아버
지를 늘 자랑스러워했다고 말씀드렸다. 아마도 공부를 더
계속하지 못한 아쉬움을 아버지를 통해서 달랜 것 같다고
했다.

"내 인생에서 네 엄마만큼 순하고 아름다운 여자는 없었
다."고 아버지도 말씀하셨다. 아버지가 엄마를 고마운 배
필이라 여기며 오늘날까지 살아오셨다는 것은 나도 잘 알
고 있다. 그러나 아버지는 알고 계실까? 엄마는 평생 당신
을 낮추고 아버지를 높이며 존경하고 사랑하셨지만 사람
에 대한 애정과 통찰력, 사려 깊음은 아버지보다 오히려
뛰어난 분이었다는 것을….

'죽음'이란 존재의 소멸을 의미하며 생명을 가진 존재는
반드시 죽는다는 사실도 엄마한테 들어서 처음 알게 되었
다. 등잔 불빛 아래 양말 깁는 엄마한테서 듣는 옛이야기
속에 죽음이 있었던 것이다. 엄마 뱃속으로 다시 들어가기
라도 할 듯 바짝 다가앉으며 나는 울음 섞인 목소리로 물

었었다.

"엄마도 언젠가는 죽어?"

죽지 말라고, 엄마 죽는 거 너무 싫다고 울먹이는 나에게 엄마는 빙그레 웃으며 말씀하셨다.

"너희들 다 키우고 나면 엄만 죽어도 괜찮단다. 엄마는 죽는 것보다 늙는 게 더 서럽구나."

죽음보다 늙음이 더 서럽다 하셨던 엄마는 늙어 가는 당신 몸을 너무 돌보지 않으셨다. 괜찮다, 견딜 만하다, 살 만큼 살았는데 늙은이가 뭣 하러 돈을 없애느냐며 한사코 치료를 거부하셨다. 그러는 동안 엄마의 시력과 청력은 희미해졌고 치아를 거의 잃었다. 허리도 바짝 꼬부라지셨다.

그런 모습을 보면, 엄마가 들려주셨던 옛날이야기 '해와 달이 된 오누이'가 생각나곤 했다. 내가 아는 엄마는 옛이야기 속 어머니보다 더한 분이었다. 굶주린 자식들에게 먹일 떡을 호랑이에게 주느니 차라리 당신의 신체를 먼저 포기할 분이었다. 그런 품성 때문에 오늘날 귀먹고 이 빠지고 허리 굽은 모습이 되었다고 나는 생각했다. 엄마는 늘 죽음(호랑이)보다 늙음(세월)이 더 두렵다고 하셨다. 그런 엄마에게 호랑이가 대수로웠으랴만, 엄마에게는 결국 자식들이 호랑이였다는 죄책감이 나를 아프게 했다.

아파트로 거처를 옮기고 요양 보호사와 가사 도우미가 드나들면서 엄마는 비로소 밥 짓기를 비롯한 살림살이의 노역에서 벗어났다. 그러나 엄마는 기꺼워하지 않으셨다. 아버지를 위해 아무 것도 할 수 없는 처지를 비관했고 쓸모없는 존재가 되었다고 한탄하셨다. 봉사와 헌신이 습관으로 굳어진 나머지 오로지 그것만이 당신의 존재 의미가 되어버린 엄마였다. 죽고 싶다는 말씀을 자주 하셨고 그 말을 들을 때마다 나는 가슴이 미어졌다. 당신께서 이렇게 존재하는 것만으로도 충분히 의미가 있으니 제발 오래오래 살아계셔서 달라고 아무리 말씀드려도 엄마에게는 깊이 가닿지 않는 것 같았다.

사람에 대한 정이 유난히 깊었고 사람들과 무엇이든 나누는 걸 좋아했던 엄마는 어느덧 사람을 제대로 못 알아보셨고 대화가 불가능해졌다. 아이처럼 해맑은 웃음으로만 남은 엄마는 심신이 서서히 잦아드는 상태로 생애의 마지막 몇 년을 보내셨다.

엄마는 이따금 눈을 뜨셨지만 눈동자는 이미 초점을 잃었다. 그러나 말씀을 못하는 대신 눈빛으로 표현하셨다. 자식들을 향한 눈빛은 부드럽고 따뜻했으며 지아비를 바라보는 눈빛은 간곡하고 애절했다. 무조건 믿고 의지하는 대상에게나 바칠 수 있는 그런 눈빛이었다.

'나는 죽기 전에 누군가에게 저런 눈빛을 보낼 수 있을까?'

엄마의 삶에 대한 딸로서의 애끓는 회한과 자책은 나 혼자만의 정념일 뿐 정작 당신 자신은 행복했을지도 모른다는 생각이 언뜻 뇌리를 스쳤다.

그러나 엄마의 아들딸인 내 형제들을 덮쳤던 비운과 재앙들이 잇달아 떠올라 내 가슴은 다시 무너졌다. 불면 날아갈세라 쥐면 꺼질세라 노심초사하면서 키우셨고 시집보낸 뒤로는 가라, 어서 가라, 가서 너나 잘 살아라, 늘 내 등을 떠밀던 엄마. 그러나 어떻게 나 혼자만 잘 살 수 있었으랴. 잘 사는 척, 아무렇지도 않은 척했을 뿐이다. 좋은 일이 있어도 온전한 기쁨을 누리지 못했고 행복을 열망하지도 않았다. 행복은 나에게 죄책감을 데리고 오는 불편한 그 무엇이었다.

두 번째 링거를 꽂을 때 아버지는 말씀하셨다.

"이걸 다 맞고 나서 죽이라도 넘길 수 있으면 소생 가능성이 있는 것이고, 아니면 포기할 수밖에 없다."

그러나 아버지는 차마 포기하지 못하고 링거를 계속 갈아 대셨고 엄마는 링거로 열흘 이상을 연명하셨다. 가끔 눈을 뜨거나 미음 죽 한 모금이라도 넘기면 아버지와 나는 엄마가 살아나시기라도 할 것처럼 기뻐했다. 소생하지 못할 줄 뻔히 알면서도….

엄마한테 평생 받기만 하고 살았다고, 잘못한 게 너무 많다고 후회하시는 아버지에게 그동안 못했던 말씀 지금이라도 다 하시라고 말씀드렸다. 임종 직전까지 귀가 열려 있다는 말이 생각났기 때문이다. 아버지가 엄마 귀에 대고 말씀하셨다.

"여보, 들려? 내가 하는 말 들려?"

믿을 수 없는 일이 벌어졌다. 엄마가 희미하게나마 대답을 하신 것이다.

"들려어~."

아버지와 나는 엄마 귀에 대고 사랑과 회한, 고마움과 미안함이 뒤섞인 작별 인사를 했다. 아! 이승에서의 마지막 그 말들을 엄마의 정신이 혼미해지기 전에 좀 더 일찍 해드렸으면 좋았을 것을….

열하루째 새벽, 엄마의 혈관은 링거를 거부했고 링거를 뽑은 엄마는 오히려 편안해 보였다. 아침이 지나 엄마의 호흡이 가빨라지더니 어느 순간 조용해졌다. 10월 19일음력 9월 7일 오전 11시 5분이었다.

엄마 곁을 지켰던 마지막 열흘을 되돌리고 싶다.

엄마에게 했던 마지막 인사 중에 다시 주워 담고 싶은 말이 있다. 내 인생에서 가장 고마운 존재가 엄마였고 나를 가장 아끼고 사랑해 준 존재도 엄마였다는 그 말이 오히려 엄마를 슬프게 했을 것 같다. 그 사람은 너를 아주 많이 사랑하지는 않는 것 같구나, 라고 쓸쓸하게 말씀하셨던 생전의 엄마 음성이 들리는 것만 같다. 그러나 금슬이 무척 좋으셨던 내 부모님도 크게 다르지 않았다고 나는 생각한다. 엄마를 가장 아끼고 사랑한 존재 역시 아버지 아닌 다른 분이었다는 걸 나는 짐작하고 있다. 당신을 키워주신, 엄마의 외할머니이며 나의 진외할머니 되시는 그 분 곁에 묻히고 싶다는 말씀을 엄마가 나에게 하신 적 있기 때문이다.

아, 열흘씩이나 되는 그 귀하고 소중한 시간들을 갈팡질팡 헛되이 보내다니!

엄마에게 하고 싶은 말을 다하지 못했다. 늘 받아먹기만 하고 따뜻한 밥 한 끼 해드린 적 없어 마음 아프다고, 엄마가 좋아하는 티브이 드라마 함께 보며 수다도 떨고 엄마 모시고 여행도 하고 싶었다는 그 말을 하지 못했다. 너무 늦어 버린 진심이라서, 이미 공허해진 말이 슬프고 죄송해서 차마 하지 못했다. 하지만 거동과 대화가 가능했을 때 그런 말씀을 드렸더라도 엄마는 손사래 치셨을 것이다.

'아이고, 됐다. 너나 잘 살아라. 나는 밥해주는 딸보다 공부하고 책 읽는 딸이 더 좋다. 여행은 무슨… 옛날 여자들은 더 불쌍하게 살았다. 이만큼 사는 것도 과만하다.'

장례를 치르고 집에 돌아오니, 국화꽃 피어난 뜨락에 여러 해 동안 보이지 않던 꿀벌들이 찾아와 잉잉거리고 있다. 그러나… 엄마는 영영 돌아오시지 못한다. 이승이 아닌 다른 세상에 떨궈진 사람처럼 나는 하얗게 바랜 가을 햇살 아래 우두커니 서 있었다. 향기로운 꽃도 잉잉거리는 꿀벌도 엄마의 죽음도 현실이 아닌 것처럼 아득하고 몽롱하였다.

가슴 밑바닥에서 뜨겁고 뭉클한 것이 울컥 치솟아 오르다 도로 내려앉았다. 아픈 짐승처럼 꺽꺽거릴 뿐 속시원히 울지도 못하였다. 차라리, 한바탕 통곡으로 풀어낸 다음 훌훌 털어 버릴 수 있는 그런 슬픔이라면….

엄마와
삐뚝각시

다락 정리를 하다가 안 입은 지 한참 된 한복들을 펼쳐보았다. 하얀 숙고사 저고리와 쪽빛 모시치마, 밤 바다색 삼베치마에 하얀 모시 저고리…. 전통한복과 생활한복의 중간쯤 되는 옷들이다. 한때 즐겨 입었으나 앞으로는 입을 일이 별로 없을 옷가지들을 보자기에 다시 싸면서, 한복 맵시가 무척이나 단아하셨던 젊은 날의 엄마 생각에 잠겨 본다.

엄마는 검소하고 수수한 분이라서 옷이 많지는 않았다. 미색 저고리에 옥색 치마, 남색 저고리에 은회색 치마. 이렇게 두 벌의 한복을 미색 저고리에 은회색 치마, 남색 저고리에 옥색 치마로 엇바꾸어 네 벌처럼 입으셨던 것으로 기억한다. 엄마의 양장 외출복이었던 조촐한 디자인의 살구색 투피스와 회색 원피스도 기억난다. 아버지와 부부동반 외출에는 한복을 입으셨고 가벼운 나들이에는 양장차림이었다.

그런 엄마의 뒷모습을 부러운 시선으로 서글프게 바라보던 여인이 은주 엄마였다. 우리 집 아래채에 세 들어 살던 실향민 유 씨의 젊은 아낙이었던 은주 엄마를 동네 아줌마들은 삐뚝각시라고 불렀다. 헌칠한 키에 호리호리한 몸매였지만 약간 삐뚜름하게 걸었기 때문이었다. 그러나 초승달 눈썹에 깊고 검은 눈, 갸름한 얼굴에 오뚝한 콧날을 갖춘 그녀는 어린 내가 보기에도 빼어난 미인이었다. 수심에 잠긴 눈매와 파리한 안색이 자아내는 청초하고 가련한 아름다움이 수십 년 세월이 지난 지금도 아른아른 떠오른다.

은주 엄마가 왜 '삐뚝각시'가 되었는지 묻는 나에게 엄마가 들려준 사연을 통해 '영양실조'와 '헛헛증'이라는 슬

픈 낱말을 처음 알았다. 가녀린 몸매의 그녀가 우리 집 부
엌에서 밥을 먹을 때마다 나는 그 엄청난 양에 놀라곤 했
다. 영양실조에서 비롯된 헛헛증 때문이라고 했다. 그러나
엄마에게 그녀는 삐뚝각시가 아니라 은주 엄마였고, 미스
코리아가 되고도 남았을 아까운 여인이었다. 엄마에게는
주변 여자들 거의가 아까운 여인이거나 그럴 만한 사정이
있어서 그렇게 된 딱한 여인네들이었다.

　대청마루에서 엄마와 함께 이불호청을 시치거나 숯불
담은 무쇠 다리미로 다림질을 하던 은주 엄마. 다듬잇돌을
사이에 두고 엄마와 마주보며 방망이질을 하다가도 울먹
울먹 하소연 끝에 엄마 무릎에 엎드려 서럽게 흐느끼기를
자주 했다. 그런 은주 엄마를 토닥이며 달래는 엄마의 말
끝은 항상 같았다.

　"아직 젊은데, 앞날이 창창한데, 살다 보면 좋은 날이 오
겠지."

　무더운 여름날이었건만 엄마는 은주 엄마와 함께 대청
마루에서 숯불 다림질을 하고 계셨다. 새로이 유행하는 나

이아가라며 지지미 한복에 밀려 장롱 깊숙이 들어가 있던 엄마의 갑사저고리와 치마가 무쇠 다리미 아래 펼쳐져 있었다. 이윽고 자주색 치마에 미색 저고리를 받쳐 입은 은주 엄마가 수줍게 웃으며 대청마루에 섰다. 정갈하게 쪽진 머리에는 서랍 속에 들어가 있던 엄마의 옛날 비녀를 꽂고 있었다. 앞태와 뒤태를 고루 살피며 옷매무새를 잡아 주던 파마머리의 엄마도 흐뭇한 표정을 감추지 않았다.

아! 나는 그토록 행복해하는 은주 엄마를, 그만큼 고혹적인 한복 미인을, 그 전에도 그 이후에도 보지 못했다. 내엄마는 기품 있고 단아했지만 빼어난 미모는 아니었고 무엇보다 은주 엄마는 훨씬 젊었던 것이다.

그 이튿날 은주 엄마는 딸 은주를 품에 안은 남편 유 씨와 함께 친정으로 떠났다. 배웅하는 엄마의 치마꼬리를 붙잡은 나는 옥비녀에 갑사 한복 차림의 은주 엄마를 홀린 듯 넋을 빼고 바라보았다.

하얀
거짓말

은주 엄마가 친정에 간 이튿
날이었던가?

학교에서 돌아오니 우리 집에 동네 아줌마들이 몰려와
있었다. 앞 다투어 은주 엄마를 성토하느라고 대청마루가
떠들썩했다. 은주 엄마 친정이 시골에서 땅마지기 깨나 있
다거나 오라비들이 면서기니 순경이니, 그게 다 새빨간 거
짓말이라는 얘기였다. 여학교 다니다 친구 꾐에 빠져서 가
출했다는 것도 거짓말이라고 했다. 집구석이 너무 가난해
술집에 팔렸고 작부 짓 하다가 노총각인 유 씨를 만난 것
이라 했다. 순진한 내 엄마가 여학교는커녕 국민학교 문전

에도 못가 본 여편네한테 홀딱 속아 넘어갔다며 아줌마들
은 분개하고 있었다.

가만히 듣고만 있던 엄마가 나직하게 물었다.

"그래서 날더러 어쩌라는 겐가?"

"아, 당장 내쫓으셔야쥬. 그런 여편네를 한 집에 두셨다
가…."

"혹시 은주 엄마한테 돈 빌려주고 못 받은 사람이라도
있는 건가?"

"그건 아니지만서두…."

"그럼 은주 엄마가 무슨 나쁜 짓이라도?"

"아니, 그게 아니라…."

"그럼 됐네. 돌아들 가요. 다른 사람들한테는 뭐라고 했
는지 몰라도 은주 엄마가 나한테 거짓말 한 건 없으니
까…."

며칠 후 친정에서 돌아온 은주 엄마가 내 엄마 앞에서
울먹이는 것을 보았다. 죄송하다고, 동네사람들이 자기를
업신여기는 것이 분하고 억울해서 그랬다고…. 나는 학교

다녀왔다는 인사도 생략하고 얼른 내 방으로 들어가 버렸다. 어쩐지 그래야만 할 것 같았다. 그러나 은주 엄마가 돌아가자마자 엄마에게 달려가 속사포 쏘아대듯 궁금증을 쏟아 내고 말았다. 은주 엄마는 왜 거짓말을 한 건데? 거짓말인 거 알았으면 됐지, 아줌마들은 왜 우리 집까지 와서 그러는 거야? 엄마는 정말 다 알고 있었어? 은주 엄마가 엄마한테는 거짓말 안했다는 거 맞아?

엄마는 별 일 아니라는 듯 담담하게 말씀하셨다.

"거짓말은 어쨌든 나쁜 것이긴 하다만⋯."

엄마는 잠시 말씀을 끊고 한숨을 지으셨다.

"거짓말이라고 다 같은 건 아니란다. 남을 속여서 뭔가를 뺏거나 해코지 하려는 거짓말도 있지만 남에게 당하지 않으려고 하는 거짓말도 있고⋯."

"은주 엄마는? 그건 어떤 거짓말인데?"

"은주 엄마는⋯."

엄마는 다시 말을 끊더니 아까처럼 또 한숨을 쉬셨다.

"억울하고 폭폭한 일이 많았던 게지. '친정이 잘 살았더라면, 면서기나 순경 오라버니가 있으면 얼마나 좋을까?

여학교라도 다녀봤더라면…' 그런 마음이 너무 깊었던 게 야."

알쏭달쏭했지만 어쩐지 은주 엄마보다 동네 아줌마들이 더 나쁘다는 말로 들렸다.

"아줌마들이 은주 엄마한테 삐뚝각시라고 부르는 거, 그 거 엄마가 하지 말라고 하면 안돼?"

엄마는 또 알쏭달쏭한 말씀을 하셨다.

"은주 엄마가 우리 동네에서 제일 예쁘잖니? 아줌마들 은 그게 싫은데 그나마 삐뚝각시라고 부를 수 있어서 덜 속상한 거야. 그러니, 그걸 하지 말라고 하면 은주 엄마를 더 미워하지 않겠니?"

은주 엄마는 남편 유 씨의 일터 가까운 개울 건너 동네 로 방을 얻어 이사 간 후에도 은주를 업고 몇 번 놀러왔었 다. 병색이 점점 짙어진다며 엄마는 안타까워했고 은주 엄 마는 결국 그 집에서 얼마 살지 못하고 세상을 떠났다.

은주 아버지 유 씨는 북쪽에서 부농의 막내아들이었다 고 했다. 부모님께서 '너라도 살아야 한다.'고 등을 떠밀어

고보고등학교 졸업하던 해에 삼팔선을 넘어왔다는 사연이었
다. 북에서의 학력을 인정받지 못해 막일로 근근이 살아가
는 처지였다. 말수 적고 붙임성 없는데다 도련님 티가 남
아 있어 부리는 사람도 함께 일하는 일꾼들도 탐탁지 않아
했다. 그러니 일거리가 많지 않았고 은주 엄마 약값은커녕
끼니도 거를 만큼 살림이 궁핍했다.

　그러나 아버지는 그가 정직하고 사려 깊으며 염치를 아
는 사람이라고 높이 평가하셨다. 기운 쓰는 일에는 서투르
지만 작업을 합리적으로 분별하고 순서 있게 처리하는 사
람이라고 신뢰하셨다. 크고 작은 일거리가 생길 때마다 그
를 부르셨으며 집을 새로 지을 때도 불렀다. 엄마에게 은
주 엄마가 아까운 사람이었던 것처럼 아버지에게는 그녀
의 지아비 유 씨가 아까운 사람이었던 것이다. 어린 내가
보기에도 유 씨는 "내 꺼 아닌디 뭐…." 하면서 시멘트 반
죽을 헤프게 흘리고 천한 농담이나 던지며 건성건성 일하
는 다른 아저씨들과는 달랐다. 가끔씩 먼 산을 바라보며
담배를 태울 때 말고는 묵묵히 일만 할 뿐이었다. 은주 엄
마를 여의고 새 아내를 들이긴 했으나 말수가 더욱 줄어든

그의 눈빛은 한층 더 막막하고 쓸쓸해 보였다.

  어느 날 은주를 데리고 우리 집에 놀러온 유 씨의 새 아내가 시무룩한 얼굴로 엄마에게 물었다. 은주가 죽은 제 엄마를 빼박았다고 동네 여자들이 그러던데 정말이냐고. 엄마는 은주와 새엄마를 잠시 바라보더니 말씀하셨다. 내가 보기엔 은주가 새엄마를 많이 닮았는데 세상 뜬 은주 엄마하고 새댁이 닮아서 그런 것 같다. 먼저 사람이나 새댁이나 이 아이와 전생에 인연이 있어서 모녀가 된 것은 마찬가지 아니겠냐고….

  그때 나는 생각했다. '엄마도 거짓말을 하시는구나.' 역시나 술집에서 만났다는 유 씨의 새 아내도 하얀 피부에 눈이 큰 미인이긴 했다. 그러나 작달막하고 오동통한 체격에 동그란 얼굴이어서 은주 엄마와는 많이 달랐기 때문이었다.

  입지 않는 옷이 되었으나 마땅히 물려줄 사람도 없는 생활한복 보따리를 간수하면서 그 옛날 엄마의 갑사 한복을 물려 입고 기뻐하던 은주 엄마를 생각한다. '살다 보면 좋은 날이 오지 않겠느냐.'는 엄마의 위로도 헛되이 젊은 나이에 병들어 세상을 떠난 아까운 여인. 미스코리아가 되고도 남을 미인이었으나 삐뚝각시라 불리었던 가련한 여인을 추억한다.

그녀와 딸, 후처가 모두 닮았다며 전생의 인연을 말씀하던 알쏭달쏭한 거짓말의 깊은 뜻을 헤아려 보다가 거짓말이 아니었음을 비로소 깨닫는다. 은주는 지금 어디에서 어떻게 살고 있을까? 미인인 엄마를 빼닮았다던 은주가 어디에서든 행복하게 살고 있었으면 좋겠다. 엄마의 몫까지 더해 오래오래 잘 살아 주기를 간절히 바라며 추억과 현실, 과거와 현재를 이어 주는 통로와도 같은 나무 계단을 천천히 내려온다.

송촌리 부녀회
관광버스 막춤

"동네 간에다 집을 지어야지,
사람 사는 집을 워쩌자구 외딴 물가이다가 짓는대유?"

전직 이장이라는 동네 아저씨의 힐난 섞인 참견에 뜨끔
했다. 이웃이라고는 도자기 굽는 공방뿐인 외딴 곳에 집짓
는 속내를 들킨 것만 같았다. 텃밭 농사는 건성이고 창 너
머로 호수를 바라보면서 커피나 홀짝거릴 게 빤하다고 내
다보는 듯했다. 마땅히 대꾸할 말이 떠오르지 않아 그냥 웃
고 말았다. 외지인이 시골에 들어와 살려면 원주민과의 화
합이 제일 중요하다고 한다. 그러나 시골 인심이 마냥 너그
럽고 순박하지만은 않다는 것을 나 또한 모르지 않았다.

송촌리에 들어온 지 얼추 일 년이 되던 어느 날, 마을회관으로 나와 달라는 부녀회장의 전화를 받았다. 비닐장판 깔린 마을회관 방바닥은 따끈따끈했고 점심 준비가 한창인 주방 옆에서는 할머니들이 화투를 치고 계셨다. 부녀회에서 은퇴한 어르신들이라 하였다. 종신회비 2만 원을 내고 정회원이 된 나는 부녀회원들과 함께 점심을 먹었다. 김이 모락모락 나는 오곡찰밥에 산나물 무침, 매콤한 배추 겉절이와 얼큰한 동태찌개, 낮술까지 곁들인 푸짐하고 맛있는 밥상이었다.

오늘 갓 들어온 신입 처지인 나는 소주 한 잔 들이켠 김에 부녀회장에게 따지듯 물었다.

"부녀회에 정년이 있다면서요? 아까 어떤 분이 올부터는 부녀회에서 나와 노인회로 가야 한다고 무척 섭섭해 하시던데…."

"아, 그거유? 다 그럴 만한 이유가 있시유."

마을기금으로 봄가을 두 차례 관광버스 타고 놀러가는 부녀회 행사 때문이란다. 시어머니와 며느리가 함께 부녀회원일 경우 번번이 며느리만 빠지게 되어 생긴 규정이라는 것. 부녀회장을 거들어 시원시원 설명해 준 동갑네와 통성명을 하고 '쩅그랑' 소주잔 부딪히며 러브 샷도 했다. 다음엔 노래방 함께 가자고 약속하고 돌아왔건만 그이나 나나 시골 아녀자의 삶이 어디 그리 만만하던가.

일 년에 한두 번 회관에 얼굴 내미는 것도 여의치 않은 불량회원인 내가 1박 2일씩이나 부녀회 단체여행을 가게 되었다. 때는 바야흐로 농번기를 코앞에 둔 이른 봄. 부녀 회 로고가 새겨진 조끼를 단체로 걸친 우리 일행을 태운 관광버스는 어느덧 동해안을 끼고 통일전망대를 향하여 달리고 있었다. 차창 밖 경치는 아랑곳없이 음주가무에 열 중하던 아줌마들이 급기야 나를 끌어내는 사태가 벌어졌 다. 통로는 비좁지, 버스는 흔들리지, 참으로 난감한 상황 이었다. 이른바 관광버스 막춤 특유의 동작이 비로소 납득 이 되는 순간이기도 했다.

에라, 모르겠다. 버스의 흔들림에 나를 맡겨 버렸더니 차 창 밖 해안도로 왼쪽 바다로 밀려오는 파도와 오른쪽 구불 구불한 고갯길을 내 몸이 흉내 내고 있었다. 어쩌면 파도

와 고갯길이 나를 흉내 냈던 것인지도 모른다. 그러던 어
느 순간 울컥하면서 눈시울이 더워지더니 가슴으로 시 비
스무레한 것이 마구 밀려오는 것이었다. 빙의라도 된 듯
온몸으로 막춤을 추면서 가슴으로는 아줌마들의 목소리로
시를 쓰고 있었다. 춤이 시가 되고 시가 춤이 되는 희한한
관광버스였다.

그러니께 머시냐

시방 우리더러 무식허다 교양 읎다 그 말인감유?

그림거튼 소나무 수풀 끼구 아슬아슬 고갯마루 넘어가는

관광빠스 창 밖으루다 시퍼런 바닷물이 조로코롬 넘실대는디

유행가 가사처럼 뽀오연 물거품이 환장허게 밀려와쌓는디

조신허니 앉어서 경치나 우아~허게 감상헐 일이지

아~ 무신 뽕짝메들리에다가 볼썽시런 막춤이냐 그런 말이쥬?

됐시유 일 읎시유

우리네야 허구헌 날 호미자루 움켜쥐구 쭈구려 앉어서

콩 심구 김 매구 그러구 살었지, 원제 한가허게 그림 귀경이나 허구 살

어봤간유

바다보담 짜구 막막허구 시퍼런 낟덜두 물거품처럼 야속허구 허망헌 낟덜두

다 히쳐왔넌디, 굽이굽이 넘어온 세월의 고갯마루가 몇 굽이인디

저딴 그림이 뭐시가 그러키 대단허겄슈, 안 그류?

그럼유 그럼유

어질어질 넘어가는 요 고갯길에다가

가슴 미어지구 복장 터지는 우리네 사연이나 서리서리 풀어놓구

그러구두 남는 거 있으믄, 환장허게 시퍼런 조 바다 속 깊이깊이 묻어놓구 갈 거구먼유

그럼유 그럼유 맷히구 쌓이구 답답헌 가슴 풀리구 풀리구 풀릴 때까정

지운껏 찌르구 비틀구 흔들 거구먼유 앗싸 앗싸 아앗싸~

생生은
아주 먼 곳에

　　　　　　　냉장고를 정리하다 반쯤 비워져 있는 소주병을 발견했다. 경운기 몰고 호수 위 비탈밭에 농사지으러 다니던 노인이 마시다 남긴 소주다. 김이 한참 새어나갔을 소주를 버릴까 말까 잠시 망설이다가 도로 넣었다. 요리할 때 더러 필요한 맛술 대신 쓸 요량이나 선뜻 버리지 못하는 어떤 마음이 따로 있는 것도 같다.

　잠깐 쉬어가시라 청하면, 커피 말고 쐬주나 한 잔 달라던 노인. 맨 정신일 때나 한 잔 술에 불콰할 때나 늘 같은 레퍼토리를 읊조렸다.

　"이래 봬두 내가 아이큐 백 사십이여, 백 사십."

집안이 가난한 탓에 국민핵교만 간신히 졸업했다고, 중핵교만 나왔어도 이러고 살 사람 아니라는 한탄이 이어졌다. 뼈 빠지게 농사지어 봤자 종자 값도 건지기 어렵다 푸념하는 노인 앞에서 서투른 소꿉장난 같은 우리 집 텃밭 농사가 면구스럽기만 했다. 신역만 고될 뿐 돈이 안 되는 이놈에 농사 때려치워야 하건만 '배운 도둑질'이라 어쩌지 못한다고, 다시 태어난다면 절대로 이렇게는 안 살 거라 했다.

우리 가족이 '아이큐 백 사십 할아버지'라 별명붙인 앞동네 노인, 못 본지 오래되었다. 간에 탈이 나 입·퇴원을 되풀이하다 요즘은 집에서 요양 중이라 들었다. 이미 병이 깊어 병원에서도 포기했다는 안타까운 소식이다. 카랑카랑한 음성에 비해 초췌한 모습이긴 했다. 고된 농사에 찌든 데다 성정조차 강퍅하여 스스로 신상을 볶는 탓이려니 여겼었는데….

소주병에서 김 새어 나가듯 그의 육신이 졸아들고 있는 줄도 모르고, '아이큐 백 사십'을 우스갯거리 삼기나 했었다. 몸이 안 좋아 매사에 짜증이 났었던 것이라 생각하니

마음이 짠하다 못해 죄스럽기까지 하다. 탈 탈 탈 탈…. 새
벽 어스름 헤치며 올라가던, 저녁 땅거미 속으로 멀어지던
경운기 소리를 다시는 들을 수 없을 것이다.

이렇게 말고 어떻게 살고 싶으시냐고, 다시 태어난다면
무얼 하고 싶으시냐고 차마 물어보지 못하였다. 평생을 농
사에 헌신하고도 '배운 도둑질'이라 자탄하게 된 현실에
대하여 나로서는 하고 싶은 말이 많았다. 그러나 쉽게 꺼
낼 수 있는 말은 아니었다. '못 배운 게 한'이라거나 '없는
게 죄'라는 푸념에 마냥 공감할 수만은 없는 복잡한 속내
를 이해받을 자신이 없었다.

교과서로 배운 지식보다 몸으로 익힌 기술이 때로는 더
쓸모 있고 떳떳함에 대하여, 씨 뿌려 가꾸고 거두는 노동의
숭고함에 대하여, 흉중에 있는 말을 나는 우물쭈물 만지작
거리다 결국 꺼내 놓지 못하였다. 입 밖으로 나오는 순간
자칫 주제넘거나 공허하게 들릴 수 있는 말이기도 했다.

못 배웠어도, 가난해도, 자신의 삶을 부정하지 않고 자존
심 지키며 인간답게 살 수 있는 세상. 그런 세상을 정작 못

배우고 가난한 사람들은 꿈꾸지 못한다. 자식들만은 나처럼 살게 하고 싶지 않다는 간절한 소망이 있을 뿐이다. 세상은 그대로 놔둔 채 내 자식들의 처지만 달라지기 바라는 그 마음을 그러나 누가 감히 비웃을 수 있겠는가? 더 나은 삶, 다함께 누리는 좋은 세상에 대한 희망은 막연하여 와 닿지 않고 인생은 짧은데 당장의 삶이 팍팍하거늘….

병석에 누워서야 비로소 고된 농사에서 놓여난 노인. 다시 태어날 세상보다는 그나마 몸이 성하여 경운기 몰고 농사지으러 다니던 때를 그리워하고 있을 것만 같다.

다시 태어난다면….

마개를 비틀어 따버린 소주병처럼 이미 돌이킬 수 없는 인생의 어느 지점에서 누구나 가끔씩 해 보는 생각이리라. 내세를 꼭 믿어서가 아니라 출구가 보이지 않는 현실에 그렇게라도 마음의 창구멍을 내 보는 것일 게다.

때때로 우리의 생生은 아주 다른… 먼 곳에 가 있다.

개복상 꽃이
올마나 이쁜디유

　　　　　　　뜨락에 매화나무 한 그루 심
어 놓고는 몇 해가 지나도록 꽃을 보지 못하던 어느 봄날.
나는 말라비틀어진 열매를 매달고 있는 매화나무를 올려
다보며 망연자실 서 있었다.

'꽃을 본 적이 없거늘 웬 열매란 말인가?'

"선생님, 왜 그러구 지신대유?"

앞집 농부가 다가와 자초지종을 듣고는 나무와 열매를
살펴보았다. 그러고 나서 하는 말이 나를 더 어리둥절하게
만들었다.

"에이, 이거 매화나무 아닌디유? 복상이유, 개복상."

식목일 날 산림조합 묘목 장터에서 산 나무였다. 매화에도 여러 종류가 있다며 꽃을 보려는 것인지 매실을 따려는 것인지 담당 직원이 친절하게 물어보았었다. 꽃을 원한다는 대답을 듣고 신중하게 골라 주었기에 조금도 의심하지 않고 심었는데…. 어이없어 하는 나를 농부가 위로해 주었다.

"공무원덜이 뭘 알간유? 됐슈. 너무 속상허실 거 읎슈. 요샌 개복상나무두 구허기 힘들어유. 매화보다 더 귀헌 게 개복상나무랑께유. 고욤나무도 그렇구, 우덜 어릴 때 흔허던 나무들인디 요샌 구경허기 힘들어유. 괜찮어유. 개복상 꽃이 올마나 이쁜디유."

이듬해 늦봄. 매화나무인 줄 알았던 개복숭아나무에는 과연 진분홍 복사꽃이 화사하게 피었다. 매화 대신 복사꽃을 바라보며 나는 꽃나무를 심어 놓고도 꽃이 피고 지는 걸 볼 수 없었던 지나간 봄날들을 생각했다. 한가한 선비들이 좋아했던 고상하고 새침한 매화를 소망했던 나. 어쩌면, 매화가 아니라 선비남성들의 여유와 풍류를 동경했던 것인지도 모른다.

　호수 건너편 언덕의 포도밭 주인이기도 한 앞집 농부는 초보 농사꾼인 우리 부부에게 친절한 안내자이면서 고마운 이웃이었다. 시장에서 사온 고추모종을 텃밭에 심는 걸 보고 노지에 심으면 안 되는 비닐하우스 재배용이라는 것을 그가 알려 주었을 때 참으로 황당하고 민망했었다. 그는 우리 텃밭에 로터리를 쳐 주면서 고추 모종을 너무 일찍 심으면 냉해를 입으니 5월 5일 어린이날을 전후하여 심는 게 좋다고 일러 주었다. 태풍에도 무너지지 않는 돌담 쌓는 비결을 알려 주었고 호수를 떠나 개울 쪽으로 역류하는 빙어에 대한 궁금증도 풀어 주었다. 우리 집 벽난로용 땔감인 참나무 장작을 도끼로 쪼개어 주고 몸살을 앓기도 했었다.

　호수의 얼음 어는 소리와 풀리는 소리가 어떻게 다르고 앞산 산벚나무 꽃과 뒷산 왕벚나무 꽃이 어떻게 다른지, 뒷산의 약수가 솟는 자리와 고라니가 다니는 길에 대하여 말해 주던 그는 때때로 시인이거나 향토 동·식물학자 같았다. 무릎관절 통증에는 매실보다 개복숭아 풋열매로 담근 효소가 훨씬 더 좋고 고욤나무 열매는 중풍과 불면증을 다스려 주며 개암나무 열매는 백내장과 치매를 예방해 주고…. 토종나무에 대하여 모르는 게 없는 그는 얼마나 근사한 농부였던가!

그러나 언제부터인가 그는 농사를 짓지 않는다.

개복숭아 또는
고욤나무 같은 사람

뒷산 옆구리를 뚫고 평택으로 가는 산업도로 공사가 한창인 어느 날. 포도밭 언덕과 우리 집을 이어 주는 작은 길에서 앞집 농부를 만났다. 경운기 대신 외제 승용차를 탄 그는 먼저 살던 집에 사슴 밥 주러 가는 길이라 했다. 그가 농사짓던 포도밭 자리에 인터 체인지가 들어설 거라는 소식을 들려 주고 농부는 BMW를 몰고 언덕 너머로 사라졌다.

그는 이미 여러 해 전에 우리 집과 호수 사이에 있는 자기 소유의 논 절반을 팔아 버렸고 나머지 절반을 메꾸어 집을 짓고 이사를 왔다. 큰 길 건너 마을회관이 있는 동네

5부 그 길을 걷지 못한다 193

에 살면서 우리 집 앞 논에 농사지으러 오가던 그가 앞집 농부가 된 것이다. 부지런하고 친절한 그가 이웃이 된 것까지는 괜찮았다. 그러나 몇 해 지나지 않아 이층집을 두 채나 더 지었기 때문에 내 집은 앞산과 호수 쪽 전망의 일부를 잃게 되었다.

앞으로는 호숫가에 건축허가 내기 어려워질 것 같아 서둘러 집을 지었다고 했다. 규제가 더 심해지기 전에 우리 집 텃밭에도 전원주택을 지어 팔라고 권하는 그는 이미 내가 알던 예전의 그 농부가 아니었다. 내가 잃은 것이 풍광이나 전망뿐이 아님을 깨닫고 마음이 쓰리고 허전했다. 그러나 어쩔 수 없는 일이었다. 비싼 땅에 농사나 계속 지으면서 꽃과 나무, 물고기와 산짐승 이야기나 하면서 살라고, 무슨 권리와 자격으로 바란단 말인가. 너무 많이 올라버린 땅값과 도로보상금 탓으로 돌릴 수밖에….

농부의 아내도 승용차를 따로 장만하더니 시내 나들이가 부쩍 잦아졌다. 시원시원한 성격에 바지런하고 솜씨 좋은 그녀는 토종 음식을 맛깔나게 할 줄 아는 아낙이었다.

수수부꾸미, 식혜, 수정과, 과줄, 도토리묵…. 매번 나를 감
동시키던 그녀의 음식은 어릴 적 내 외할머니 댁에서 맛보
았던 추억의 음식이면서 먹거리 이상의 소중한 그 무엇이
었다. 그러나 남편과 함께 농사를 접은 그녀는 언제부턴가
부꾸미를 지지거나 도토리묵을 쑤지 않는다.

농촌 출신인 그녀는 고향을 떠나 서울의 달동네에서 어
렵게 살았다고 했다. 오빠와 함께 공장을 다니며 가족을
부양해야만 했던 그녀의 서울 생활은 몹시도 고달프고 궁
핍했던 것 같다. 시골이라도 좋으니 땅이 많은 집안으로
시집가는 게 소원이었단다. 이웃집 아주머니의 소개로 농
촌 총각을 만나 결혼했더니 더 고된 농사와 시집살이가 기
다리고 있었다며 서글프게 웃었다. 모진 세월 견디고 이제
겨우 살 만해졌는데 자주 어지럽고 온몸이 쏘삭쏘삭 아프
다며 무릎을 두드릴 때는 내 마음도 쏘삭쏘삭 아팠다.

"자가용 몰구 동창회 갔었는디, 그래 봤자… 친구들 중
에 지가 젤 늙었더라구유."

고된 세월에 찌들어 겉늙어 버린 모습이 안쓰러웠기에
그녀의 변화를 서운하게 여기지 않기로 했다. 내가 갖지

못했기에 진심으로 감탄하고 존중했던 어떤 부분, 학교 공부나 책 대신 몸으로 익히고 배운 게 많은 그녀의 미덕은 점점 빛을 잃게 되겠지만….

　귀하게 여기지 않다가 뒤늦게 그 가치를 알게 되었건만 이미 사라져 버렸거나 보기 힘들어진 - 개복숭아나 고욤나무 같은 야생의 존재들에 대하여 말해 주었던 농부. 그와 그의 아내 또한 그런 존재가 아닐는지….

욕망의
다른 이름

해마다 겨울철새가 찾아오는 호젓한 논과 호수가 내 집 앞에 있었다. 그 논의 임자였던 농부는 외지 사람인 우리가 호수를 바라보는 산자락 아래에 집 짓는 것에 관심이 많았다. 오며 가며 이것저것 물어보고 유심히 살펴보더니 몇 해 뒤에 호숫가 자기 소유의 논 일부를 메워 이층집을 세 채나 지었다.

거실에서 바라보이던 앞산과 호수의 일부, 건너편 포도밭 언덕, 언덕에서 내 집으로 이어지는 고불고불한 길이 시야에서 사라져 버렸다. 무척 섭섭했지만, 외지 사람인 내가 들어와 집 지은 이 땅도 원래는 논의 일부였음을 생각하지 않을 수 없었다.

내 집 뒤쪽으로는 산골짝 물이 호수로 흘러드는 작은 물 길인 도랑이 있었고 도랑 위쪽으로는 건너 마을 사는 영 감님의 논이 있었다. 뒷산 기슭에서부터 한 층씩 낮아지며 도랑으로 이어지는 논은 계절마다 색다른 풍경으로 아름 다웠다.

논둑에서 나물 캐거나 풀꽃을 들여다보고 있노라면 고 무장화 신고 삽자루 든 영감님이 나타나 허허 웃으시곤 했 다. 자식들은 모두 외지로 나갔고 쟁기와 보습은 헛간에 처박힌 지 오래, 기계 없이는 농사짓기 어려운 세상이 되 었다고 한탄하셨다.

그 영감님께서 지병으로 세상 떠나고 난 뒤에 논은 전원 주택지로 개발되었다. 흙을 산더미처럼 쏟아 부어 높아진 집터에 우뚝우뚝, 이층집들이 뒷산을 깔보듯 들어섰다. 주 방 싱크대 위로 낸 작은 창으로 흐르던 사계절, 쌀을 씻거 나 설거지하면서 바라보던 풍경을 잃고 말았다. 야트막한 뒷산을 고려하여 조촐하게 지은 내 집이 보람 없게 되었지

만 뒷집 입장에서는 호수를 가로막고 있는 내 집이 못마땅
할 수도 있었다.

달포 가량 집을 떠나 있다 돌아오는 길에 앞 집 가을이
아빠를 만났다. 나처럼 외지에서 들어온 가을이 아빠는 앞
집 농부가 논을 메워 지은 호숫가의 이층집 때문에 낭패를
당한 사람이다. 저당 잡힌 줄 모르고 덜컥 세 들었다가 전
세보증금을 떼이게 된 것이다. 앞산, 뒷산으로 여러 갈래
의 도로가 뚫리면서 앞집 농부가 거액의 토지 보상금을 거
머쥐게 된 탓이다. 그 돈으로 농부가 벌인 사업이 망하는
바람에 가을이네 전셋집까지 경매로 넘어가게 되었다고
한다.

안 좋은 소식이 또 있었다. 전원 주택지에 이사 온 이웃
끼리 사이가 틀어져 각자의 무허가 창고를 신고하는 불상
사가 벌어졌다고 한다. 담당 공무원이 화해를 권했으나 양
쪽 모두 신고 철회를 거부하여 결국 두 집 창고가 함께 철
거되었다는 것이다. 두 집이 경쟁적으로 터를 높이느라 다
투던 일, 그들이 터를 높일수록 내 집 터가 저절로 낮아지

던 일이 생각나서 씁쓸하였다.

뒷산 동쪽 기슭에도 전원주택단지가 들어설 거라는 소문이 들려온다. 나무들이 마구 베어져 옆구리가 휑해진 산자락을 보았을 때 이미 짐작은 했었다. 충분히 예상했던 일인데도 새삼 마음이 무겁고 울적하다.

몸은 이미 문명이 주는 편리함에 길들여져 그 혜택을 포기할 생각도 없으면서 자연을 그리워하고 그 속에 깃들고자 하는 마음. 모순된 그 소망은 이곳에 들어오기 전 내가 품었던 간절한 꿈이기도 했다. 소박하고 순수하다 여겼던 그 꿈과 그리움이 욕망의 다른 이름은 아니었을까, 나는 지금 생각하고 있다.

그 길을
걷지 못한다

달빛에 이끌려 나온 밤 산책
길. 호수로부터 개울물 쪽으로 역류하는 은빛 물고기 떼를
보았다. 달빛에 반짝이는 개울물을 거슬러 계곡 쪽으로 올
라가는 물고기들의 고요하면서도 치열한 행진이었다.

이튿날 아침, 앞집 농부가 개울에서 잡은 물고기를 양
동이째 가져왔다. 간밤에 본 그 물고기였다. 빙어라는 이
름으로 널리 알려져 있지만 보리 붕어 혹은 민물 멸치라고
도 부른다. 호수에서 살다가 늦가을 무렵부터 개울 쪽으
로 올라가 봄이 되면 알을 낳고 죽는다는 설명이었다. 송
촌호수에는 본디 쌔뱅이라는 토종새우가 많았다. 그러나

유료 낚시터가 되면서부터 째뱅이는 귀해지고 바깥에서 묻어 들어온 빙어가 흔해졌다는 것이다. 빙어에 밀가루 반죽 입혀 바삭하게 튀기면 요즘 강변 휴게소에서 잘 팔린다는 고소한 '도리뱅뱅'이 된다고 했다. 남는 건 냉동실에 보관했다가 라면이나 어죽 끓일 때 넣으라고, 친절한 농부는 요리법까지 일러 주고 돌아갔다.

크고 작은 야산으로 둘러싸인 송촌호수는 산에서 내려오는 물을 받아 품었다가 농업용수로 내어주는 인공 저수지이다. 빙어가 역류하는 그 개울은 호수 위 야산을 끼고 북쪽과 서쪽 두 갈래의 물줄기로 흐르다가 하나로 합쳐져 호수로 스며든다. 물줄기를 따라 길도 두 갈래로 벋어 있다. 북쪽 개울 따라 걷다 보면 뒷산으로 이어지는 길이 되고 남쪽 개울과 논을 끼고 걷다 보면 온양과 천안으로 가는 큰 도로가 나왔다.

개울과 벼논을 양 옆으로 끼고 걷는 남쪽 샛길이 나는 좋았다. 시내 나갔다 버스 타고 돌아올 때면 마을회관 앞 정류장을 일부러 지나치거나 미리 내려서 그 길을 걷곤 했다. 개울가엔 물봉선과 여뀌, 쑥부쟁이 꽃이 차례차례 피어나고 봄에는 꽃잎이, 가을에는 꽃보다 곱게 물든 나뭇잎이 개울물 따라 흘러갔다. 초록빛 질경이가 깔린 봄 길은 촉촉하고 싱그러웠으며 오디와 산딸기가 익어가는 여름 길에는 달콤한 향기가 산들바람 타고 흘렀다. 낙엽이 깔린 가을 길에는 툭툭 떨어지는 산열매들을 줍는 재미가 있었고 눈 쌓인 순백의 겨울 길에 첫 발자국을 남기는 설렘도 있었다.

달빛 아래 하얗게 빛나는 밤길도 좋았지만 깜깜한 밤엔 반딧불이 별똥별처럼 흘러 달 없는 밤길도 무섭지 않았다. 그 길에서 야생동물과 마주친 적도 가끔 있었다. 사냥한 멧비둘기를 입에 물고 오다 산 쪽으로 황급히 길을 꺾으며 내 쪽을 핼끔거리는 족제비에게 농담을 건네기도 했다.

"와우, 한 건 했구나. 근데 뭘 도망가고 그러냐? 나, 채식주의자란 말이야. 하하하…."

언제부턴가 그 길에서 종종 앞집 농부를 마주치게 되었다. 도로공사에 수용되고 남은 농토의 대부분을 처분하여 시내에 빌딩을 짓는 중이라고 했다. 농사를 놓은 뒤로 갑자기 불어난 체중 때문에 산책을 자주 한다는 것이었다. 토지 보상금을 수십 억 받았다는 소문에도 불구하고 그의 낯빛은 어두웠다. 빌딩 지으려고 매입한 땅에 문제가 생긴 데다 건축업자까지 잘못 만난 탓에 두 건의 소송을 진행 중이라는 하소연을 들었다. 불면증이 심해 신경 안정제를 먹는다는 말에 무척 안타까웠지만 나는 무어라 위로할 말을 찾지 못했다.

그리고 이제 나는 그 길을 잃었고 그 길을 걷지 못한다. 빙어가 알을 낳으러 역류하던 개울은 평택으로 가는 산업도로 공사와 함께 막혀 버렸고 거대한 시멘트관이 물의 통로를 대신하고 있다. 개울을 따라 걷던 호젓한 흙길도 함께 끊어지고 말았다. 많은 것이 사라지고 달라졌으며 달라지고 있는 중이다.

꾀꼴 성과 물한 성의 전설을 간직하고 야생동식물 품어 키우던 앞산엔 고속철도역으로 가는 지름길과 터널이 뚫렸다. 뒤이어 골프 연습장도 들어섰다. 호수의 배후이던 야산의 일부도 파헤쳐져 정체 모를 건물들이 들어서고 있는 중이다. 호수 건너 편 언덕의 포도밭을 교차하는 세 갈래의 도로가 생기면서 포도밭은 흔적도 없이 사라져 버렸다. 포도밭 언덕에서 우리 집 쪽으로 부드럽게 휘어져 돌던 구불구불한 비탈길도 밋밋한 포장도로가 되었다.

뒷산 허리춤을 끊어낸 자리에는 4차선 도로가 뚫려 밤낮없이 차량들이 질주하고 있다. 시골구석이라서 불편하다고 투덜대던 딸아이가 "아! 밤이다. 진짜 이렇게 까만 밤 처음 본다."고 감탄하던 뒤뜰은 오로지 별빛뿐이던 까만 밤과 고요를 잃게 되었다. 뒤뜰로 난 문을 열 때마다 시원한 골바람을 보내 주던 뒷산. 그 산에 깃들어 사는 짐승들은 그동안 익숙하게 오가던 그들의 영역에서 무슨 일을 당하게 될 것인가.

이제 겨우 시작에 불과할 뿐 앞으로 더 많은 변화가 있을 것이다. 어차피 고향도 아니거늘 더 깊고 고요한 곳으로, 개발의 광풍이 미치지 않을 곳으로 떠나 버릴까? 그런 궁리도 해 보았다. 그러나 대대로 저 산에 깃들어 살아온 고라니와 산토끼, 오소리와 족제비들은 어디로 갈 수 있을까?

　그들과 함께 나도 이 모든 것들을 견디고 지켜보며 늙어갈 것이다.